新潮文庫

地下室の手記

ドストエフスキー
江川　卓訳

地下室の手記

I 地下室

この手記の筆者も『手記』そのものも、いうまでもなく、フィクションである。しかしながら、ひろくわが社会の成立に影響した諸事情を考慮に入れるなら、この手記の作者のような人物がわが社会に存在することはひとつもふしぎでないし、むしろ当然なくらいである。私はつい最近の時代に特徴的であったタイプのひとつを、ふつうよりは判然とした形で、公衆の面前に引きだしてみたかった。つまりこれは、いまなおその余命を保っている一世代の代表者なのである。『地下室』と題されたこの断章で、この人物は自己紹介をかねて自身の見解を披瀝《ひれき》するとともに、かかる人物がわれわれの間に現われた、いや、現われざるをえなかった理由を明らかにすることを望んでいるように見える。次の断章では、彼の人生に起った若干の事件について、この人物の本来の意味での『手記』がつづくことになろう。

フョードル・ドストエフスキー

1

ぼくは病んだ人間だ……ぼくは意地の悪い人間だ。およそ人好きのしない男だ。ぼくの考えでは、これは肝臓が悪いのだと思う。もっとも、病気のことなど、ぼくにはこれっぱかりもわかっちゃいないし、どこが悪いのかも正確には知らない。医学や医者は尊敬しているが、現に医者に診てもらっているわけではなく、これまでにもついぞそんなためしがない。そこへもってきて、もうひとつ、ぼくは極端なくらい迷信家ときている。まあ、早い話が、医学なんぞを尊敬する程度の迷信家ということだ。(迷信にこだわらぬだけの教育は受けたはずなのに、やはりぼくは迷信をふっきれない。)いやいや、ぼくが医者にかからぬのは、憎らしいからなのだ。といっても、このところは、おそらく、諸君のご理解をいただけぬ点だろう。まあいい、ぼくにはわかっているのだから。むろん、ぼくにしても、この場合、では、だれに向って憎悪《ぞうお》をぶちまけているのだといわれたら、説明に窮するだろう。ぼくが医者にかからぬからといって、すこしも医者を《困らせる》ことにならぬくらい、わかりすぎるほどわかっているし、こんなことをやらかしても、傷つくのはぼくひとりきりで、ほかのだれでもないことも、先刻ご承知だからである。けれど、やはり、ぼくが医者にかからないのは、まさしく憎らしいからなのだ。肝臓が悪いなら、いっそ思いきりそいつをこじらせてやれ！

もうずっと前から――ざっと二十年も、ぼくはこんな生き方をつづけている。いまぼくは四十歳だ。以前は勤めていたが、現在は無職。ぼくは意地悪な役人だった。人に邪慳《じゃけん》にあたって、それで溜飲《りゅういん》をさげていた。なにしろ賄賂《わいろ》をとらないのだから、せめてこれくらいのご褒美《ほうび》は受けるのが当然、とわりきっていた。（まずい警句だが、消すつもりはない。ぴりっとしたやつができそうな気がして書いたのだが、いま見ると、われながらあさましく気取って見せただけだったとわかる。だから、わざと消さないでやる！）たとえば、ぼくの控えているデスクのそばに、請願人たちが問い合せにやってきたりすれば、ぼくは思いきり彼らに癇癪《かんしゃく》をぶつけてやり、うまいこと、だれかの気分を害したりできれば、それこそ快感でぞくぞくしたものだ。しかも、こいつはまず当りはずれがなかった。請願人といえば、知れたこと、大半が小心翼々の手合いだったからである。もっとも、なかには生意気な野郎もいて、とりわけ一人の将校には頭にきた。なんとしても音《ね》をあげようとせず、小憎らしくサーベルをがちゃつかせやがるのだ。このサーベルの件では、一年半もそいつと戦争状態だった。だが、最後はぼくの勝利に終り、そいつもがちゃがちゃをやめた。もっとも、これはぼくがまだ若いころの話である。ところで、諸君、ぼくの憎悪の最大のポイントはどこにあったか、ご存じだろうか？　ほかでもない、問題のすべて、というより醜悪さの極致は、ぼくがどんなときにも、つまり、思いきり癇癪をぶちまけたその瞬間にも、内心、おれは意地悪どころか、むかっ腹を立てているのでもありはしない、理由もなく小雀《こすずめ》どもをおどしつけて、それでいい気になっているだけだと、言うも恥ずかしい意識を引きずっていた点にあるのである。口から泡《あわ》を吹いて怒っていても、だれかに人形でもあてがわれたり、紅茶に角砂糖でもそえて出されたら、たちまちぼくは機嫌《きげん》を直してしまう。いや、感涙にむせばんばかりなのだ。なるほど、後からは、そういう自分に歯がみしてくやしがり、羞恥《しゅうち》のあまり、数カ月も不眠症に悩まされること確実なのだが、とにかく、これがぼくの性分なのである。

さっきもぼくは、自分が意地悪な役人だったなどと言ったが、あれは自分で自分を中傷した言葉である。憎らしいから中傷してやったまでだ。実を言えば、請願人とも、例の将校とも、ぼくはただの悪ふざけをしていただけで、本質的にはけっして意地悪になれたためしがないのである。ぼくは自分の内部に、まるで正反対の要素がどえらくひそんでいるのをたえず意識していた。その正反対の要素が、ぼくの身内ですさまじくうごめきまわるのさえ感じられた。いや、生涯《しょうがい》、ぼくの内部でうごめきまわり、外へ出ようともがいていたのを知りながら、ぼくはやつらを出してやろうとしなかったのだ。抑えつけて、わざと外へ出してやらなかった。やつらに責めたてられて、ぼくはつくづく自分が恥ずかしく、ひきつけを起さんばかりにさえなったが、あげく、やつらにもうんざりした、飽き飽きしてしまったのだ！　こんなことを言うと、諸君、何かこうぼくが諸君に向って悔悟している、いや、赦《ゆる》しでも乞《こ》うているように取られるかもしれない……いや、きっと、そう取られているだろう……もっとも、はっきり断言しておくが、たとえそう取られたにしても、ぼくにはどうでもいいことなのだが……

ぼくは意地悪どころか、結局、何者にもなれなかった——意地悪にも、お人好《ひとよ》しにも、卑劣漢にも、正直者にも、英雄にも、虫けらにも。かくていま、ぼくは自分の片《かた》隅《すみ》にひきこもって、残された人生を生きながら、およそ愚にもつかないひねくれた気休めに、わずかに刺戟《しげき》を見出《みいだ》している、——賢い人間が本気で何者かになることなどできはしない、何かになれるのは馬鹿《ばか》だけだ、などと。さよう、十九世紀の賢い人間は、どちらかといえば無性格な存在であるべきで、道義的にもその義務を負っているし、一方、性格をもった人間、つまり活動家は、どちらかといえば愚鈍な存在であるべきなのだ。これは四十年来のぼくの持論である。ぼくはいま四十歳だが、四十年といえば、これはもう人間の全生涯だ。老齢もいいところだ。四十年以上も生きのびるなんて、みっともないことだし、俗悪で、不道徳だ！　だれが四十歳以上まで生きているか、ひとつ正直に、うそいつわりなく答えてみるがいい。ぼくに言わせれば、生きのびているのは、馬鹿と、ならず者だけである。ぼくは世のすべての老人たちに、面と向ってこう言ってやれる。尊敬すべきご老人方、銀髪をいただき、ふくよかな香りをただよわしているご老人方を前に置いて言ってやれる！　全世界に向って言ってやれる！　ぼくにはこう言うだけの権利がある。なぜなら、ぼく自身、六十までも生きのびるだろうからだ。七十までも生きのびるからだ。そうとも、八十までだって、生きぬいてやる！……　いや、ちょっと待ってくれ！　ひと息つかせてくれたまえ……

たぶん諸君は、ぼくが諸君を笑わせる魂胆だとお考えだろう？　どっこい、それも見当ちがいだ。ぼくは諸君の考えているような、あるいは、諸君の考えるかもしれないような、そんな陽気な男ではさらにない。もっとも、諸君がぼくのこういうおしゃべりにいらいらして（いや、ぼくにはもう、諸君のいらいらが感じとれる）、では、そういうおまえはそもそも何者だ、などとたずねる気を起されたら、ぼくは諸君にお答えしよう——ぼくは一個の八等官（訳注　帝政ロシアの官等は十四階級にわかれていて、八等官は軍人でいえば少佐、文官でいうと係長クラスにあたる）である、と。ぼくは生活の糧《かて》を得んために（ただそれだけのために）、勤めていたが、去年、遠縁の親戚《しんせき》の一人が六千ルーブリの金をぼくに遺言して死んでくれたので、さっそく辞表を出し、この片隅にひきこもってしまった。以前のぼくはここに住んでいただけだったが、今度は籠城《ろうじょう》をきめこんだわけだ。ぼくの部屋はぼろくそのひどいやつで、市のいちばんはずれにある。女中は田舎出の婆《ばあ》さんで、頭のにぶい女のつねとしてやたらに怒りっぽく、おまけにいつもいやらしい臭《にお》いをぷんぷんさせている。ぼくはよく人から、ペテルブルグの気候は身体《からだ》に毒だし、ぼくみたいな貧弱な財産を抱えてペテルブルグで暮すのは高くつく、といわれる。だが、そんなことは、ぼく自身が百も承知、いや、経験と知恵が売りものそこらの助言者や知ったかぶりより、よほどよく心得ているつもりだ。しかし、ぼくはペテルブルグにとどまっている。ペテルブルグから出て行ったりするものか！　ぼくが出て行かないのは……ちぇっ！　ぼくが出て行こうと、出て行くまいと、そんなことはそれこそどうでもいいことじゃないか。

だが、それはともかく、いっぱし人並みの人間が、もっとも好んで話題にできることといったら、何だろうか？

答え——自分自身のこと。
では、ぼくも自分自身のことを話すとしようか。

2

ところで諸君、きみらが聞きたいと思うにしろ、思わないにしろ、ぼくがいま話したいと思うのは、なぜぼくが虫けらにさえなれなかったか、という点である。まじめな話、ぼくはこれまでに何度虫けらになりたいと思ったかしれない。しかし、ぼくはそれにすら値しない人間だった。誓って言うが、諸君、あまりに意識しすぎるのは、病気である。正真正銘の完全な病気である。人間、日常の生活のためには、世人一般のありふれた意識だけでも、充分すぎるくらいなのだ。つまり、この不仕合せな十九世紀に生れ合せ、しかもそのうえ、地球上でもっとも抽象的で人為的な都市であるペテルブルグ（都市にも人為的なものと、人為的でないものとがある）に住むなどという、どえらい災難を背負いこんだ知的人間に割りあてられている意識量の二分の一、いや、四分の一もあれば充分なのである。たとえば、いわゆる直情型の人間とか活動家とかいった手合いが持ち合せている程度の意識があれば、それでけっこうやっていけるのだ。賭《か》けてもいいが、おそらく諸君は、ぼくがこんなことを書くのは、活動家を皮肉ろうために強がりを言っているのだ、とお思いだろう。悪趣味な空威張りをして、例の将校のようにサーベルをがちゃつかせているのだ、と。しかし、諸君、どこに自分の病気をたねに見栄《みえ》を張るやつがいるものか、まして、それを鼻にかけて威張りかえるやつが？

いや、待て待て、これこそみなのやっていることではないか。まさしく病気を自慢のたねにしている。しかも、ぼくなどは、おそらくその最たるものなのだ。その点は一言もない。ぼくが反論するなど、筋ちがいもはなはだしい。しかし、にもかかわらず、ぼくの深く確信するところによれば、たんに意識の過剰ばかりでなく、およそいっさいの意識は病気なのである。ぼくはこう主張したい。だが、そのことはしばらく措《お》こう。で、ひとつ次の点を教えてもらいたい。いったいどうしたわけで、ぼくはあの瞬間、つまり、一時期わが国でよく使われた《すべての美にして崇高なるもの》（訳注　ドイツの哲学者カントの論文「崇高にして美なるもの」から出た言葉で、十九世紀三、四〇年代のロシア批評界でよく使われた）の微妙なニュアンスをあまさず意識するのに最適となるあの瞬間に、まるでわざとのように、それを意識するどころか、あんな見苦しい行為をしでかす羽目になっているのだろうか？　しかもその行為たるや……まあ、言ってしまえば、だれもがしていることなのだろうが、ぼくの場合には、いまだけは絶対にすべきでないと固く意識している折も折、まるでそこをねらったように、おのずと出てきてしまうのだ。ぼくが善を意識し、その《美にして崇高なるもの》とやらを意識することが強ければ強いほど、ぼくはますます深く自分の泥沼《どろぬま》にはまりこみ、果てはその泥沼に漬《つか》ったまま居直ることもできるようになるのだった。しかも、このさい重要なのは、そういう傾向がぼくのうちにあることがけっして偶然ではなく、むしろ当然きわまることのように思えた点である。あたかもそれがぼくのもっとも正常な状態であり、別に病気にかかったのでも、憑《つ》きものがついたのでもないように思えるので、結局は、ぼくとしても、その憑きものを相手に一戦をまじえる気がなくなってしまうのだった。とどのつまり、ぼくは、たぶんこれこそがぼくの正常な状態なんだろうと、ほとんど信じかねないばかりになった（いや、ひょっとしたら、本気でそう信じてしまったのかもしれない）。しかし、そもそもの初め、最初のうちは、この戦いでぼくはどれだけ苦痛をしのんだかしれない！　ほかの人もそうなのだとは、ぼくには思いもかけなかったから、ぼくは生涯、自分ひとりだけの秘密のように、これをひたかくしてきた。ぼくはこれを恥じた（もしかしたら、いまでも恥じているのかもしれない）。そして、ついにはそれがこうじて、ある種の秘密めいた、アブノーマルな、いやしい快楽を味わうまでになった。たとえば、いやらしいペテルブルグの夜更《よふ》けどき、自分のねぐらに戻りながら、ああ、きょうもおれは醜悪な真似《まね》をしでかしたぞ、だが、できてしまったことはどうせもう取返しがつかないんだと、ことさら強く意識しては、心中ひそかに自分をさいなみ、われとわが身を嚙《か》みさき、切りきざみ、しゃぶりまわす。すると、ついにはこの苦痛が、ある種の恥ずべき、呪《のろ》わしい甘美さに変っていき、最後には、正真正銘、ほんものの快楽に変ってしまうのである。そう、快楽に、まさしく快楽になのだ！　これは請けあってもいい。ぼくがこんなことを話しだしたのも、ほかの人にもこういう快楽があるものかどうか、それをしかと確かめたかったからである。説明しよう。この場合、快楽はほかでもない、自分の屈辱をあまりにも鮮明に意識するところからきていた。つまり、次のような実感から生れていたのである——とうとうおれも最後の壁につき当ったな、くそおもしろくもない話だが、かといって、ほかにどうしようもない、もうどこにも逃げ道はないし、いまさら別人になり変るわけにもいかん、いや、かりに他のものになり変るだけの余裕と自信があったとしても、まず当人のおれがそんな気を起しそうにないし、もし起してみたところで、それだけの話で、実際には何もしやしないだろう。なぜといって、何になり変ろうにも、現実問題として、なり変る対象が見つかりそうにないからな、というわけである。しかし、それより何より、ぎりぎりの肝心な点は、こうしたいっさいが、強度の自意識には固有の正常な法則と、その法則から直接に出てくる惰性とに即して進行する点である。してみれば、この場合、何かになり変ることはおろか、何をしようにも手も足も出ないというのが理の当然なのだ。たとえば、こういう強度の自意識の結果は、次のようなことにもなる。もし当人がほんとうに自分を卑劣漢だと感じているのなら、卑劣漢たることもまた正しい、それが卑劣漢にとってはせめてもの気休めになる、というわけだ。しかし、もうたくさんだ……ええ、さんざご託を並べたが、いったい何を説明できたというのだ？　例の快楽とかはどう説明されたのだ？　しかし、ぼくは説明してみせる！　是が非でもこの決着はつけてやる！ぼくがペンを手にしたのも、そのためなのだから……

たとえば、ぼくはおそろしく自負心が強い。佝僂男か侏儒のように、疑ぐり深くて怒りっぽい。ところが、そのぼくにしても、ほんとうの話、もしだれかに平手打ちをくわされるような羽目になったら、かえってそれを喜ぶかもしれぬぞ、といった気になったときも何度かはあったものなのだ。まじめな話、おそらくぼくは、そんなところにも一種独特の快楽を見つけだすにちがいない。もちろん、それは絶望の快楽だが、絶望のなかにこそじんと灼《や》けつくような快楽がひそんでいることだって多いのだ。とくに、どこへどう逃れようもないような自分の状況を痛切に意識するときなんかは、なおさらである。ところで、いまの話の平手打ちをくった場合だが、この場合には、さあ、おれは面目玉をまるつぶしにされて、もう二度と浮びあがれないぞ、という意識がぐっとのしかかってくるものなのだ。要するに、肝心の点は、どう頭をひねってみても、結局のところは、万事につけいつもぼくがまっさきに悪者になってしまう、しかも、何より癪にさわるのは、そいつが罪なき罪というやつで、いわば、自然の法則でそうなってしまうことなのだ。まず第一に、ぼくが周囲のだれよりも賢いのがいけない、ということになる。（ぼくはいつも、自分は周囲のだれよりも賢いと考えてきた。そして、ときには、真《ま》に受けていただけるかどうか知らないが、それをうしろめたく感じさえしたものだ。すくなくともぼくは、生涯、いつもどこかそっぽのほうを見ていて、人々の目をまともに見られたことがない。）次にぼくがいけないのは、かりにぼくが寛容の美徳をもっていたとしても、どうせそんなものは何の役にも立ちはしないと意識することで、かえってぼく自身の苦労の種がふえるだけだ、という点である。なにしろぼくは、そんな寛容の美徳があったとしても、おそらく、それをどう扱いようもないはずなのだ。相手を赦すわけにもいかない。なぜといって、相手がぼくをなぐったのは、もしかすると、自然の法則によったものかもしれないし、そうなれば、自然の法則を赦す、赦さぬなど、問題にもならないからである。かといって、忘れてしまうわけにもいかない。なぜなら、たとえそれが自然の法則だとしても、癪にさわることには変りがないからである。最後に、かりにぼくが寛容の美徳などふり捨てて、無礼者に復讐《ふくしゅう》してやろうという気になったところで、ぼくはだれに対しても、何の復讐もできないからである。なぜなら、たとえそれが可能であっても、おそらくぼくには、何かをしてやろうという決断など、つきっこないからだ。どうして決断がつかないのか？　このことについては、とくに一言しておきたい。

3

だいたい、自分の恨みを晴らすことのできる人間、もっとひろくいって、自分を守るすべを知っている人間の場合、ここのところは、たとえば、どうなっているのだろうか？　彼らの場合には、いったん復讐の念なら復讐の念にとらえられたとなると、すくなくともその間は、彼らの全存在からこれ以外の感情が消滅してしまうことになるらしいのだ。つまり、こういった先生は、怒りくるった牡牛《おうし》よろしく、角を低くかまえて猛然と目標に突き進み、壁にぶつかって、はじめてそこで停止するというわけである。（話のついでだが、こういう連中、つまり直情型の人間や活動家といった手合いは、壁にぶつかると、本心から挫折《ざせつ》してしまうものである。ぼくらのような思索する人間、したがって、何もしない人間とちがって、彼らにとっては、壁は逃口上にはならない。ぼくらの同類なら、ふつうは自分でも本気にしていないくせに、願ってもない口実ができたとばかり、それにとびついてしまうところだが、彼らにとっては、それは中途から引返すための口実にもならない。それどころか、彼らは大まじめに挫折してしまうのである。壁は彼らにとって、いわば心を安らげ、悩みを解いてくれるものであり、最終判決めいた、いや、ほとんど神秘的な意義をさえもっている……しかし、壁については、後でまた話そう。）ところでぼくは、ほかでもない、そういう直情型の人間こそ、本来の意味での正常な人間、つまり、慈母のごとき自然がご親切にもこの地上に最初の人間を生み落すにあたって、かくあれかしと願ったような人間なのだと思う。こういう人間を見ると、ぼくはむしょうに羨《うらや》ましくなる。なるほど、こういう人間は頭が弱い。その点、ぼくにも異議はない。しかし、もしかしたら、正常な人間はもともと頭が弱いはずのものかもしれない、そうでないとだれに言えよう？　いや、もしかしたら、これは実に美しいことなのかもしれない。で、ぼくがこの疑念めいたものにますます確信を深めたのは、たとえば、正常な人間のアンチテーゼ、つまり自然のふところから生れたのでなく、蒸溜器《レトルト》から生れてきたような、強度の自意識をもった人間（こうなると、諸君、もうなかば神秘主義だが、ぼくはそんなこともあると思う）を取ってみた場合、このレトルト人間がときには自分のアンチテーゼの前ですっかり尻尾《しっぽ》をまいてしまい、強度の自意識をもちながら、すすんで自分を人間ではなく、一個のねずみと思いこんでしまうようなことがあるからなのである。たとえ強度の意識をもつねずみにせよ、やはりねずみはねずみである。ところが相手は人間なのだから、したがって、当然……ということになる。ここで肝心なのは、彼が自分で、つまり自分からすすんで自分をねずみと考える点である。だれから頼まれたわけでもない。これが重要なポイントなのだ。では今度は、このねずみの行動ぶりを見てみよう。たとえば、このねずみもやはり侮辱を受けて（もっとも、こいつはほとんどいつも侮辱を受けっぱなしだが）、やはり復讐を念じているとしよう。その心には l'homme de la nature et de la vérité（自然と真理の人）（訳注　自然のままに損われぬ人間の意で、ルソーを諷している）よりも、もっともっと憎悪《ぞうお》の念が鬱積《うっせき》しているかもしれない。目には目をの復讐をとげようという、醜悪で下劣な欲望が、《自然と真理の人》にもまして、もっとみにくく内部に渦巻《うずま》いているかもしれない。なぜなら、《自然と真理の人》は、その生来の軽薄さから、自分の復讐をいとも単純に正義と考えているが、ねずみのほうは強度の自意識から、そこに正義を否定するからである。こうして、ことはいよいよ実行、復讐行為の段階にたちいたる。不幸なねずみは、最初から持ち合せた醜悪さだけでなく、さまざまな疑問やら疑惑のかたちで、ほかにも、もう山ほど、自分のまわりに醜悪な反吐《へど》のようなものを積みあげてしまっている。ひとつの疑問につれて、未解決の問題がぞろぞろ出てくるとなれば、ねずみのまわりには否応《いやおう》なく、ある種の宿命的な濁り水が、悪臭ふんぷんたるどぶ泥が溜《たま》っていくことになるわけだ。このどぶ泥の成分はといえば、ねずみ自身の疑惑であり、動揺であり、さらには、裁判官ないし独裁者よろしく、勝ちほこったように彼のまわりに立ちはだかって、大口あけて思いきり彼を笑いとばしている直情型の活動家たちが、ねずみに向って吐き散らす唾《つば》でもある。いうまでもなく、ねずみとしては、こうしたいっさいをさっぱりとあきらめたしるしに、自分のちっぽけな前肢《まえあし》でもひょいと振って見せ、およそ自信なげなうわべだけの軽蔑《けいべつ》の微笑でもうかべて、こそこそと自分の穴へもぐりこむしか、もう手がない。そしてそこで、つまり悪臭のしみこんだきたならしいその床下で、辱《はずか》しめられ、嘲弄《ちょうろう》され、ぶちのめされたわがねずみ君は、さっそくまた、冷やかな、毒々しい、しかも、永遠に消滅することのない憎悪に浸ることになるのである。彼は四十年間もぶっつづけに、自分の受けた辱しめを、その最も微細な、恥ずかしい点にいたるまで思い出しつづけ、しかも思い出すたびに、いっそう屈辱的なデテールを自分から勝手につけたしては、おのれの空想で意地悪く自分を愚弄し、いらだたせる。自分で自分の空想を恥じる結果になるのが目に見えているのに、それでもいっさいを思い出し、こねくりまわし、可能性としてはこんなことだって起りえたはずだなどという口実で、次から次へと途方もないそらごとをひねくりだしては、何ひとつ容赦しようとしない。なるほど、復讐もはじめないわけではないが、そのやり方がいかにもこせこせと首尾一貫しない、いわば犬の遠吠《とおぼ》え、匿名《とくめい》投書式のもので、いったい自分の復讐の権利を自覚しているのか、成功の見込みをもっているのか、それさえおぼつかない有様なのだ。というより、意趣返しなんぞに血道をあげたところで、結局は、復讐の相手より当の自分が百倍も苦しむだけの話で、相手は、おそらく、痛くもかゆくもないだろうことを、あらかじめ承知しているふうなのである。死の床についてからさえ、あらためてまたいっさいを思い出さずにはおかないが、それにはそれで、これまでの長年月に積りつもった利子がしこたま加算されている……しかし、実をいえば、この冷やかな、身の毛もよだつような、絶望半分、希望半分の状態、つまり、やけくそ半分にわれとわが身を四十年間も意識的に地下室に生埋めにした事実、こうして強引に作りだしはしたが、まだいくぶんかは眉唾《まゆつば》なところを残している八方ふさがりの自身の状況、さらにいえば、内攻した欲求不満のやり場のない毒素、永遠不変の決断を下したと思う間もなく、たちまち悔恨に責められねばならない、熱病にうかされたような不断の動揺——これらいっさいのなかにこそ、ぼくが言ったあの奇怪な快楽のエッセンスが含まれているのである。それはきわめて微妙なもの、ときには意識にとらえようもないものだから、ちょっとでも頭のにぶい人間はもちろん、ただすこしばかり神経が野太いだけの人間にも、まるでちんぷんかんぷんということになりかねない。〈いや、一度も平手打ちをくったことのない連中にも、わからんかもしれないぜ〉と、諸君はにやにやしながら補足されるだろう。こういう論法で、ぼくもこれまでに平手打ちの一つぐらいくっているにちがいない、だからそんな通《つう》ぶった口をきくのさと、遠まわしにあてこするわけだ。賭けてもいい、諸君はきっとそう思っているだろう。しかし、諸君、ご安心めされ、ぼくはまだ一度として平手打ちをくったことがない、もっとも、この点について諸君がどう思われようと、ぼくにはまったくどうでもいいことだが。それどころか、ひょっとしたらぼくは、自分の生涯《しょうがい》で人に平手打ちをくわせた数が少なかったのを、むしろ後悔しているのかもしれない。しかし、もうたくさんだ。諸君にとってどえらく興味のあるらしいこのテーマについては、もうこれ以上、ひとことも言わないことにする。

それよりもぼくは、例の微妙きわまる快楽を解することのない神経の野太い連中のことを、冷静に話しつづけることにしたい。これらの諸君は、たとえばある場合には、なるほど牡牛そこのけに、喉《のど》いっぱい吼《ほ》えたてもしようし、それによって最高の栄誉に輝きもしようが、前にも言ったように、不可能事と見ればたちまち手をあげてしまうのである。不可能事――すなわち石の壁というわけだ。どんな石の壁といわれるのか？　なに、知れたこと、自然法則とか、自然科学の結論とか、数学とかである。たとえば、人間の先祖は猿《さる》だという証明をつきつけられたら、四の五のいわずに、あっさりそれを認めるしかない、ということだ。またきみにとって、きみ自身の脂肪の一滴は、本質的には他人の脂肪の数十万滴よりも貴重なものであるはずだから、したがって、いわゆる善行とか義務とかいったさまざまな妄想《もうそう》や偏見も、結局のところは、すべてそこに帰着するのだ、と証明されたら、やはりそのまま認める、ということだ。これはもうどうしようもない。だからこそ、二二が四は――数学なのだ。へたに反論でもしてみたまえ。

〈とんでもない〉と、たちまちどやしつけられるだろう。〈反抗はむだですよ。なぜって、これは二二が四なんだから！　自然がいちいちきみにお伺いを立てるもんですか。自然は、きみの希望がどうだろうと、その法則がきみの気に入ろうと、入るまいと、知ったことじゃないんですよ。きみは、自然をあるがままに受けいれるべきで、当然、その結果もすべて認めるべきなんですな。壁はとりもなおさず壁なんだから……云々《うんぬん》〉これはしたり、いったいその自然の法則だの数学だのが、ぼくになんの関《かか》わりがあるというのか？　なぜか知らぬが、ぼくにはそんな法則だの二二が四だのは、さっぱり気にくわないというのに。むろん、ぼくにはその壁を額でぶち抜くことはできないだろう。もともとぼくにはぶち抜くだけの力もないのだから。しかし、だからといってぼくは、そこに石の壁があり、ぼくには力がたりない、というそれだけの理由から、この壁と妥協したりすることはしないつもりだ。

それではまるで、そういう石の壁がほんとうに安らぎであり、ほんとうにそこに平和の保証めいたものが含まれてでもいるようではないか。しかもその理由たるや、それが二二が四であるというだけのことにすぎないのだ。ああ、なんという馬鹿馬鹿《ばか》しさだ！　それくらいなら、いっそ不可能事も、石の壁も、いっさいを理解し、いっさいを意識してやるほうが、よほど気が利《き》いている。それで、もし妥協するのが気にくわなければ、そんな不可能事や石の壁のどれひとつとも妥協しない。逃れようもない論理のくさりをぎりぎりまでたどって行って、その石の壁とやらのことでも、やはり一半の責任は自分にあるとかいう永遠のテーマについて、もっともいまわしい結論にまで到達してやるのだ。もっとも、自分に責任など何もないことは、またしても明々白々の事実なのだが。で、そうときまったら、あとは黙々とごまめの歯ぎしりでもしながら、惰性に身をまかせて官能にしびれ、あだな物思いにでもふけっているがいいのだ。第一、憎悪をぶちまけようにも、その相手がいないときている。いや、ほんとうに、対象がない。もしかしたら、永久にそんなものは出てこないのかもしらん。だいたいがこいつは、いかさまカルタ師がよくやる札のすり替えみたいなもので、どこかにペテンが仕組まれているのだ。なに、こいつは要するにただのどぶ泥で、何がなんだか、だれがどうだか、わかったものじゃないのだ。それにしても、こうわけがわからず、インチキだらけのくせに、痛むことはやはり痛みやがるな。いや、わけがわからないほど、痛みはますますひどくなるぞ！

4

〈は、は、は！　そこまで行けば、きみは歯痛にも快楽を見出《みいだ》せるわけだ！〉諸君は腹をかかえて笑いながら、絶叫されることだろう。

おあいにくさま、歯痛にだって快楽はあるさ、とぼくは答える。まるひと月、歯痛を病んだ経験から、ぼくはちゃんと知っているのだ。もちろん、この場合は、黙々と憎悪を噛みしめるわけにはいかず、うめき声をあげることになる。だが、こいつはすなおなうめき声ではなくて、悪意のこもったうめき声なのだ。そして、この悪意こそ曲者《くせもの》なのである。このうめき声には、苦しむ人間の快楽が表現されている。もしそこに快楽をおぼえないのなら、うめき声をたてるはずもない道理ではないか。なかなか気の利いた例だから、ひとつ諸君、これを発展させてみよう。第一に、このうめき声には、ぼくらの自意識にとってきわめて屈辱的な、諸君の苦痛の無意味さが表現されている。いや、自然法則といってもよい。もちろん、諸君は、そんなものには鼻汁もひっかけまいが、しかし、やはり諸君はそのために苦しみ、自然法則のほうは涼しい顔というわけなのだ。ここにはまた、敵はどこにも見えないのに、痛みだけは厳存するという意識も表現されている。つまり、世のワーゲンハイム先生（訳注　一八六四年当時、ペテルブルグの新聞にさかんに広告を出していた歯科医）をすべて味方につけても、なおかつ諸君は自分の歯の完全な奴隷だという意識、もしだれかがその気になってくれれば、歯痛もおさまるだろうけれど、もしその気になってくれなければ、この先三カ月も痛みとおすだろうという意識、さらにもうひとつ、かりに諸君がそれでもまだこうしたことに不承知で、かなわぬまでも抗議をつづけるとしても、諸君にできることといえば、せいぜい自分ひとりの気休めにわれとわが身をぶんなぐるか、目の前の壁をこっぴどく拳固《げんこ》でなぐりつけるかぐらいで、それ以上は手も足も出せない、といった意識の表現なのである。ところが、何をかくそう、実はこうした血のにじむような屈辱、だれから受けたともわからぬ嘲笑こそ、例の快楽のはじまりなのであり、ときにはそれが官能的な絶頂感にも達するわけなのだ。ひとつお願いだが、諸君、いつか折があったら歯痛に苦しむ十九世紀の教養ある人間のうめき声に、ぜひとも耳傾けていただきたい。それも、痛みだしてから二日目か三日目、つまり、最初の日に、ただ歯が痛いからといってうめいていたのとは、だいぶちがったうめき方をするようになったときがいい。そこらのがさつな農夫風情《ふぜい》のうめき方でなく、進歩とヨーロッパ文明の洗礼を受けた人間、当節流行の言葉でいえば、《土壌《どじょう》と国民的根源をふり捨てた人間》のうめき方になったときである。彼のうめき声はなんとも醜悪な、あさましいほど依怙地《いこじ》な調子になって、昼も夜もぶっとおしにつづく。しかも彼自身が、そんなにうめいてみたところで、なんの利益になるわけでなく、自分をも他人をもいたずらにくたびれさせて、いらだたせるだけなのを、だれにもまして承知している。いや、それどころか、彼がお目あての聴衆、彼の家族全員までが、彼のうめき声を聞いても嫌悪《けんお》感をもよおすだけで、これっぽっちも本気にしようとせず、むしろ腹のなかでは、あんな手のこんだ仰々しい節まわしなどやめて、もっとすなおにうめけばよさそうなものに、あれでは鬱憤ばらしのあてつけに悪ふざけをしているだけだと考えていることまで、心得ているのである。ところが、実をいうと、官能のよろこびは、こうした各種さまざまな自意識やら屈辱のなかにこそふくまれているのだ。なんのことはない。〈おれはおまえたちを悩まし、気分をかきむしり、家中の者を眠らせないでいる。それなら、おまえたちも、いっそ眠らないで、おれが歯が痛いんだということを、四六時中感じつづけるがいいさ。以前はおまえたちに英雄らしく見られたいとも思ったものだが、いまは英雄どころか、要するに、けがらわしいやくざ野郎にしかすぎない。なあに、それならそれでけっこう！正体をわかってもらえて、かえってせいせいしたくらいだ。おれの下卑《げび》たうめき声がお気に召さないだと？　お気に召さなくってけっこう。ではひとつ、もう一段、いやらしく手のこんだところを聞かしてやろうか……〉というわけなのだ。諸君、これでもまだわかっていただけないだろうか？　いや、どうやら、この官能のよろこびの微妙なニュアンスをすっかり解せるようになるには、もっともっと知的な発達をとげ、自覚を高めねばならないらしい！　諸君は笑っているのか？　それはうれしい。ぼくの冗談は、諸君、もちろん品が悪いし、むらがあって、たどたどしいうえに、何やら自信なげな調子だ。しかし、こいつは、ぼくが自分で自分を尊敬していないからこそなのだ。いったい自意識をもった人間が、いくらかでも自分を尊敬するなんて、できることだろうか？

5

ところで、聞きたいが、自分自身の屈辱感のなかにさえあえて快楽を見出そうとするような人間が、果して、果して多少なりとも自分を尊敬したりできるものだろうか？　ぼくは、何やら甘ったるい悔恨の気持になぞかられて、こんなことを言いだしたのではない。それに、だいたいがぼくは、〈お父さん、ごめんなさい、もうしませんン〉などとは、口が裂けても言えない性質だった。それも、ぼくにそれが言えないからではなくて、むしろ逆に、あまりにも平然と言ってのけられるからだったようだ。いや、まったくたいしたものだった。よくぼくは、悪いことをしたおぼえなどさらさらないのに、わざと叱《しか》られ役を買って出ることがあった。これはもう醜悪さの極致だったが、そういうときにも、ぼくは心から感激して、後悔の涙にくれたものだ。むろん、自分で自分をあざむいていたのだが、かといって、けっして芝居をして見せたわけではない。ただぼくの心が、なんとなく醜態をさらしたがるのである……こうなるともう、自然法則のせいにするわけにもいかないが、とはいっても、一生涯、何にもましてぼくをいじめどおしだったのは、やはりこの自然法則である。こんなことは、思いだすのもけがらわしいし、あの当時だってけがらわしかったものだ。なにしろ、ものの一分も経《た》たないうちに、ぼくはもう煮えくりかえるような憎悪にかられながら、こんなことはみんな嘘《うそ》だ、嘘っぱちだ、胸糞《むなくそ》のわるくなるような見せかけだけの嘘だ、こんな後悔も、感激も、更生の誓いも、みんな嘘だ、と考えだすのだから。では、いったい何のために、ぼくはあんなふうに自分をさいなみ、苦しめたのか、と聞かれるかもしれない。答えは――ただ手をこまねいて坐《すわ》っているのが退屈でたまらなかったから、それでとっぴな真似《まね》のひとつもしでかしたくなった、というところである。いや、事実、そうだった。嘘だと思うなら、諸君、ひとつ自分で自分をもうすこし念入りに観察してみたまえ。そうすれば、なるほどそのとおりだと、納得がいくだろう。ぼくが自分でさまざまなアバンチュールを案出し、人生を創作したりしたのは、せめてなんとか生きているという実感をもちたかったからである。まったくこれまでにぼくは何度、まあ、たとえば、腹を立てたことがあるかしれない。それも、何か理由があってではなく、わざとなのだ。腹を立てる理由など何もないと、自分で承知していながら、自分で自分をけしかけているうちに、ついには、まったくの話、本気で腹を立ててしまうことになるのである。どういうものかぼくは、生涯、心にもなく、こういう突拍子もない真似をしでかす傾向があって、ついには自分で自分を制御することもできないほどになった。恋をしてやれという気にむりやりなってみたことも、二度まである。いや、諸君、たしかに恋の悩みを味わったものだ。心の奥底では、自分の悩んでいることが本気にできなくて、せせら笑ってやりたい気持も動いたものだが、それでも悩むことは悩んだ。しかもそれがほんものの、正真正銘の悩みだったのである。嫉妬《しっと》にかられて、われを忘れさえしたこともある……ところで、それがみな、退屈から出たことなのだ。諸君、退屈のなせるわざなのだ。惰性に押しつぶされたのだ。もともと自意識の直系の嫡出子《ちゃくしゅつし》ともいうべきものは、惰性をおいて、つまり、意識的な拱手《きょうしゅ》傍観の状態をおいてほかにはない。このことはもう前にも言ったが、くり返しておくと、いや、ことさらくり返して言うと、およそ直情型の人間ないし活動家が行動的であるのは、彼らが愚鈍で視野が狭いからである。このことはどう説明したらよかろう？　そうだ、こう言えばよい。彼らは視野が狭いために、手近にある第二義的な原因を本源的な原因ととりちがえ、それでほかの人間より手っとり早く、簡単に、自分の行動の絶対不変の基礎が見つかったように思いこみ、そこでほっと安心してしまうのである。つまり、ここが肝心の点なのだ。なんといっても、いざ行動に踏みきるためには、前もって万事に安心のいくようにし、なんの疑点も残らぬようにしておくことが必要である。だが、そうなると、ぼくなどは、たとえば、どんなふうに安心したらよいのだろうか？ぼくがよりどころにできる本源的原因、その基礎とやらはどこにあるのだ？どこからそれをもってくればいい？ぼくなどはさしずめ思索の訓練を積んでいるから、どんな本源的原因をもってきても、たちまち別の、さらにいっそう本源的な原因がたぐり出されてきて、これが無限につづくことになるだろう。そもそもあらゆる意識ないし思索の本質はまさしくそういうものなのだ。してみれば、これもまた例の自然法則というわけである。では、結局のところ、最後の決着はどうなるのだ？なに、それもおなじことだ。たったいま、ぼくが復讐《ふくしゅう》について話したのを、思いだしてほしい。（たぶん、諸君にはよくつかめなかったろうが。）ぼくが言ったのは、人間が復讐をするのは、そこに正義を見出すからだ、ということである。つまり、彼は本源的原因を、基礎を見出した、すなわち、正義を見出したのだから、当然、あらゆる点について安心できるわけであり、したがって、自分は名誉ある正義の事業を遂行しているのだという確信を抱いて、心やすらかに首尾よく復讐をなしとげることができるのである。ところがぼくの場合は、そこになんの正義も、なんの徳行も見ようとしないから、復讐をするとしても、たんにそれは憎悪からにすぎないということになる。もちろん、この憎悪そのものは、ぼくの疑惑を全部集めてもかなわぬぐらい強いものでありうるし、それが原因ではないからこそかえって本源的原因の代用を非の打ちどころなくつとめられるかもしれない。ところが、どうしようにも、実はぼくにはその憎悪からしてないのである（そういえばぼくはさっき、ここから話をはじめたのだった）。ぼくのいきどおりは、またしても例の呪《のろ》わしい意識の法則の作用で、化学分解を起してしまう。みるみる、対象はちりぢりに飛び去り、理由は蒸発し、犯人は見失われ、侮辱ももう侮辱ではなく、宿命のようなものに、つまり、だれを責めるわけにもいかない歯痛のようなものになってしまうのだ。こうして、またしても例の解決策ひとつしか残らないことになる。つまり、壁をこっぴどくなぐりつけるしか手がないということである。まあ、そのうえで、あきらめて手でも振るしかない。なにしろ、本源的原因が見つからなかったのだから。たまには、一時的にせよ自意識を追払って、本源的原因だの、いろんな理屈だのは抜きで、自分の感情に盲目的に身をまかせてみるのもよいだろう。腕をこまねいて坐っていたくないそれだけのために、憎んだり、愛したりしてみるのもいいだろう。そうすれば、どんなにおそくても三日のうちには、万事を承知のうえでわれから自分をあざむいたことに気がとがめて、自分で自分を軽蔑するようになるのが落ちだろう。つまりは、しゃぼん玉と惰性が残されるだけなのである。ああ、諸君、ぼくが自分を賢い人間とみなしているのは、ただただ、ぼくが生涯、何もはじめず、何もやりとげなかった、それだけの理由からかもしれないのである。いや、ぼくは饒舌家《じょうぜつか》でかまわない、みんなと同じただの饒舌家、毒にも薬にもならない、いまいましい饒舌家であってかまわない。しかし、どうしようがあろう。もし世の賢い人間の第一の、そしてただひとつの使命が饒舌であるとしたら。つまり、みすみす無の内容を空《から》のうつわに移しかえることでしかないとしたら。

6

ああ、ぼくの何もしないのが、たんに怠惰のせいだけであったなら！　ああ、そのときには、ぼくはどれほど自分を尊敬したことだろう。たとえ怠惰にもせよ、自分のうちに何かをもちえたとなれば、尊敬したくもなるではないか。たとえひとつだけにせよ、ぼくもまた、自分で納得のいくような、しかも、どうやら積極的な特性をもつことになるわけなのだから。あいつは何者だ？　と問われて、なまけ者だ、と答える。自分についてこんな評言を聞けたら、さぞかしたのしいことにちがいない。なにしろ、積極的な評価が定まり、ぼくについていわれるべき言葉ができたのだから。〈なまけ者！〉——これはもう一個の肩書きであり、使命であり、履歴でさえある。冗談にしないでほしい、事実、そうなのだ。そのときには、ぼくは、第一流のクラブの正式の会員であり、ひたすら自分を尊敬することだけが仕事になる。ぼくの知っていた紳士で、赤ぶどう酒の通だということだけを、生涯自慢にしていた男がいる。彼は、これを自分の積極的な価値と考えて、つゆ自分に疑いをはさもうとしなかった。そして、良心安らかに、というより、むしろ得々として死んでいった。そして、それはそれで、まったく正しいことにちがいなかった。だが、そのときのぼくは、またちがった道をえらぶに相違ない。なまけ者の大食らいはいいとしても、ただの平凡なやつではなく、たとえば、いっさいの美にして崇高なるものに共鳴しうるなまけ者というわけである。こいつは諸君のお気に召さないだろうか？　これは、以前からぼくの夢だったものである。なにしろこの《美にして崇高なるもの》は、四十年のぼくの生涯、ぼくの頭にべったりとこびりついてはなれなかったものなのだ。だがそれは、これまでの四十年のこと。そのときには、ああ、そのときには、まるで話が別になるにちがいない！　ぼくはすぐさま、それにふさわしい活動も見つけだすことだろう。ほかでもない、いっさいの美にして崇高なるものの健康を祝して、酒杯をあげてやるのだ。ぼくはあらゆるチャンスをねらって、まず自分の杯に涙を注ぎ、つづいて、いっさいの美にして崇高なるもののために、それを飲み干すことだろう。そのときのぼくは、世のすべてを美にして崇高なるものに変えてしまうだろう。見るもいやらしい、だれが見てもごみ溜《た》めでしかないもののなかにさえ、美にして崇高なるものを見つけだすだろう。ぼくは、水を吸った海綿のように涙もろくなるにちがいない。たとえば、ある画家がゲー（訳注　ゲーは十九世紀のロシアの画家で、宗教画に写実主義の要素をもちこみ、論議を呼んだ。ドストエフスキーは『作家の日記』でゲーの絵をさんざんにけなしている）のような絵を描《か》いたとすれば、ぼくは、そのゲーのような絵を描いた画家のために、さっそく乾杯するだろう。なぜなら、いっさいの美にして崇高なるものを愛するからだ。また、ある作家が『各自思いのままに』（訳注　同時代のロシアの作家サルトゥイコフ・シチェドリンの論文）という本を書いたとすれば、ぼくはそれがだれであろうと、その《思いのままに》のためにさっそく乾杯する。なぜなら、いっさいの《美にして崇高なるもの》をぼくは愛するからだ。だが、その代償として、ぼくは自分への尊敬を要求し、ぼくに敬意を表さないものをこらしめてやるつもりだ。心安らかに生き、誇らかに死ぬ――これは実にすばらしいことではないか。いや、こんなすばらしいことなんてないほどだ！　そうなったらぼくは、べんべんとした太鼓腹を抱え、顎《あご》を三重にもくびらせ、赤鼻をにゅっと突きだして、道で行き合った者がみんなぼくを見て、〈これこそ正《プラス》だ！　これこそ真に積極的《ポジチヴ》な人間だ！〉と言うようにしてやろう。諸君はどう思うにせよ、現代のようなネガチヴの時代に、こんな評判を耳にするのは、実に愉快きわまることではないか。

7

しかし、こんなことはすべてきれいごとの空想にすぎない。ああ、教えてくれ、だれが最初にあんなことを言いだしたのだ？　人間が汚《けが》らわしい行為をするのは、ただただ自分の真の利益を知らないからだなどと、だれが最初にふれまわりだしたのだ？もし人間を啓蒙《けいもう》して、正しい真の利益に目を開いてやれば、汚らわしい行為など即座にやめて、善良で高潔な存在になるにちがいない。なぜなら、啓蒙されて自分の真の利益を自覚したものは、かならずや善のなかに自分の利益を見出すだろうし、また人間だれしも、みすみす自分の利益に反する行為をするはずもないから、当然の帰結として、いわば必然的に善を行うようになる、だと？　ああ、子供だましはよしてくれ！　無邪気な赤ん坊もいいところだ！　第一、有史以来、人間が自分の利益だけから行動したなどという実例があるだろうか？　人間はしばしば、自分の真の利益をよくよく承知しながら、それを二の次にして、一《いち》か八《ばち》かの危険をともなう別の道へ突き進んだものだ、いや、そのことを証明する幾百万もの事実をどうしてくれるのだ？

しかも彼らは、だれからも、何からも強要されてそうしたわけではない。ただ指定された道を行くのだけはごめんだとばかりに、それとは別の困難な、不条理な道を、それこそ暗闇《くらやみ》を手さぐりせんばかりにして、強情に、勝手気ままに切りひらいてきたのだ。してみると、彼らにはこの強情とわがままこそが、どんな利益にもまして、ほんとうの意味で快適だったのではないだろうか……利益！　だいたい利益とは何だ？　人間の利益とはそもそも何であるかを、正確無比に定義できる自信が、諸君にあるとでもいうのか？　いや、それより、もしひょっとして、人間の利益はある場合には、人間が自分に有利なことではなく、不利なことを望む点にこそありうるし、むしろそれが当然だということになったら、どうなるのだ？　もしそうだとしたら、いや、もしそういう場合しかありえないとしたら、すべての法則はたちまち無にひとしくなってしまうだろう。諸君はどう考える、そういう場合はよくあるものだろうか？　諸君は笑っているのか。それなら、笑ってくださってけっこう、だが、ひとつ返事を聞きたいものだ。いったい人間の利益とやらは、完全に、正確に計量されているのだろうか？　これまでのどの分類にもあてはまらなかった利益、いや、あてはまりようのない利益といったものは、存在しないのだろうか？　だいたいが諸君は、ぼくの知るかぎり、人間の利益の貸借表を作るのに、統計表や経済学の公式から平均値をとってきたのではなかったか。諸君のいう利益とやらは、要するに、幸福とか、富とか、自由とか、平穏とか、まあ、そういったたぐいのもので、したがって、たとえば、ことさら意識的にこの貸借表に楯《たて》つく人間などは、諸君に言わせれば、いや、むろん、ぼくに言わせても同じことだが、頑迷《がんめい》な非開化論者、ないしはほんものの狂人ということになるのではないだろうか？　ところが、ひとつここにふしぎなことがある。それは、こうした統計学者や、賢人や、人類愛論者が、いつもひとつの利益を見落しているのはなぜか、という点である。当然とり入れるべき形での計算にすらとり入れていないが、実をいえば、これは全体の計算を左右するほどのものなのだ。かまわないからその利益をとりあげて、表に書きこめばよかろう、と思われるかもしれないが、しかし厄介《やっかい》なのは、この七面倒な利益がどの分類にもあてはまらず、どの表にも入らない点なのだ。たとえば、ぼくに一人の友人がいる……おっと、諸君、この男は諸君にとっても友人なのだ。いや、この男の友人でないものなんてありはしない！　この男は、いざ事にとりかかるにあたっては、さっそくみごとな雄弁をふるって、いかに理性と真理の法則にのっとって行動することが必要であるかを諸君に述べたてる。そればかりか、人間にとって真の意味での正常な利益について、興奮と感激をこめて諸君に物語り、自分の利益も、善行の真の意義も解しないあさはかな愚者を鼻で笑ってみせる。

ところがである。ものの十五分もたたないうちに、別に外部的な原因が突発したわけでもなんでもないのに、彼は、どんな利益も太刀打ちできないある種の内的な衝動にかられて、まったく関係のない別のとてつもない行為をしでかしてしまう。つまり、いま自分の口から話していたこととは、明らかに正反対のことをはじめる。理性の法則にも、自分自身の利益にも、いや、一言でいえば、いっさいに反したことをおっぱじめるのである……ことわっておくが、このぼくの友人というのは集合名詞的存在だから、彼だけを責めるというわけにはちょっといかない。諸君、問題はこの点なのだ。実際問題として、ほとんどすべての人にとって、どんなすばらしい利益よりもさらに貴重な何かが存在するのではないだろうか。別の言葉で（つまり、論理に反しないように）言えば、いまも言ったように、つねに見落されているとはいえ、何とくらべてもいちばん有利な利益なるものが存在し、それは他のどんな利益にもまして、貴重な、有利なものであり、そのためには人間、必要とあれば、あらゆる法則に楯つくことも辞さない、つまり、理性にも、名誉にも、平和にも、幸福にも――一口でいえば、これらの美にして有益なるものすべてに逆らっても、なおかつ自分にとってもっとも貴重な、この本源的な、有利な利益を手に入れようとするのではないだろうか。〈ほう、それなら、やっぱり利益にはちがいないわけじゃないか〉と諸君はぼくの言葉をさえぎるだろう。だが、待ってほしい。話はまだこれからだし、問題はそんな揚げ足とりにあるのではないのだ。大事なことは、この利益の注目すべき点が、これまでのあらゆる分類表をぶちこわし、人類の幸福のために人類愛の唱道者たちが作りあげた全システムをつねに叩《たた》きこわすものであることだ。一言でいえば、それはあらゆるものの邪魔をしてはばからないのだ。だが、この利益の名を諸君にあかすまえに、ぼくは自分が恥をかくことになるのを承知のうえで、大胆に宣言しておきたい。それは、こうした美しいシステム、つまり、人類にその正常な真の利益を説けば、なるほどその利益を獲得するために努力することは必要だとしても、それだけで人類はたちまち善良で高潔な存在になるなどという理論は、いまのところは、ぼくに言わせれば、ただの屁理屈《へりくつ》にすぎない！　ということだ。さよう、まさしく屁理屈である。だいたいが人類自身の利益のシステムで全人類を更生させるなどという理論を説くのは、ぼくにいわせれば、まあ、たとえば、ボックル（訳注　十九世紀のイギリスの歴史家で、その著『英国文明史』がロシア語に訳され、ひろく読まれていた）あたりの尻馬《しりうま》に乗って、人間は文明によって温和になり、したがって、残虐さを減じて、戦争もしなくなるようになるなどと説くのと、ほとんど選ぶところがない。論理だけからいえば、人間はたしかにそうなるように思われる。しかし、人間というものは、もともとシステムとか抽象的結論にはたいへん弱いもので、自分の論理を正当化するためなら、故意に真実をゆがめて、見ざる、聞かざるをきめこむことも辞さないものなのだ。ぼくがこの例を引くのは、それがあまりにも明瞭《めいりょう》な例だからである。まあ、周囲を見まわしてみたまえ、血は川をなして流れているではないか。これが諸君、ボックルも生きていたわが十九世紀というやつなのだ。なんなら、かの偉大なる現代人ナポレオンもいる。永遠の連邦を結んだはずの北アメリカ（訳注　一八六一―六五年の南北戦争を指す）はどうだ。もう一つ、カリカチュアめいたシュレズヴィヒ・ホルシュタイン問題（訳注　シュレズヴィヒ・ホルシュタイン公国をめぐって一八六三―六四年にデンマークとオーストリア、プロシャの間に起った戦争を指す）もある……いったい文明がわれわれのどこを温和にしてくれるというのだ？　文明が人間のうちに作りあげてくれるのは、感覚の多面性だけであり……それ以外には何もありゃしない。ところで、この多面性が発達する結果は、あげく人間が流血のなかに快楽を発見するところまで行きつくかもしれない。いや、現にそういうこともあった。諸君は気づいておられるかどうかしらないが、もっとも洗練された流血鬼というのは、ほとんどの場合、きわめて高い文化の恩恵に浴した人たちで、彼らにくらべればアッチラ（訳注　五世紀のフン族の王、ヨーロッパにまで兵をすすめた）とかスチェンカ・ラージンなど、束になってかかっても足もとにもおよばないくらいなのだ。そして彼らが、アッチラやスチェンカ・ラージンほどにぱっと目につかないのも、あまりにも彼らの数が多すぎて、すっかりあたり前になってしまい、めずらしくもなくなってしまったからにすぎないのである。すくなくとも文明のおかげで、人間がより残虐になったとはいえないまでも、たしかに以前よりはその残虐さがみにくく醜悪になったとはいえる。以前は流血のなかに正義を見出《みいだ》して、当然殺すべき人間をなんら良心にやましいところなく殺してきたのだが、いまのわれわれは流血を醜悪なことと考えながら、なおかつこの醜悪な行為に従事している。しかも、以前より大々的にだ。どちらが悪いか――それは諸君の判断にまかせよう。かのクレオパトラは（ローマ史の例を引くのを許していただきたい）、自分の女奴隷《おんなどれい》の胸に金の針を突き刺し、彼女たちが叫び、身もだえるのを見てよろこんだという。諸君は、それは、相対的に見て、野蛮時代のことだったと言われるだろう。またいまだって、相対的に見れば、やはり野蛮時代だから、あいかわらず針が刺されているのだと言われるかもしれない。現代の人間は、なるほど野蛮時代よりはものをはっきりと見ることを学んだとはいえ、まだまだ理性と科学の指示どおりに行動する習性はできていないのだ、と。しかし、にもかかわらず諸君は、人間がやがてはその習性を獲得するときがきて、そうなれば古い悪癖のあれこれは完全に消滅し、健全な理性と科学が人間の本性を完全に改造し、そのときには正しい方向に向けるものと、心から信じきっておられる。諸君はまた、人間がわざわざ好きこのんで誤りを犯すようなこともなくなり、自分の正常な利益に反した意志をもつ気になど、なろうたってなれはしない、だいいち、その自由がなくなる、と確信しておられる。それればかりか、諸君に言わせれば、そのときには人間が科学に教えられて（ぼくの考えでは、すこし贅沢《ぜいたく》すぎる話だが）、人間にはもともと意志も気まぐれもありはしない、いや、これまでにもあったためしがなかった、そもそも人間なんて、せいぜいピアノの鍵盤《けんばん》かオルゴールのピンどまりの存在なのだと悟るようになる、というわけだ。いや、それ以上に、この世界には自然法則なるものが厳存しているから、人間が何をしてみたところで、それはけっして人間の恣欲《しよく》にもとづいてなされるのではなく、自然法則によっておのずとそうなるだけだ、とも悟らされるというのである。したがって、この自然法則さえ発見できれば、人間はもう自分の行為に責任をもつ必要がないわけであり、生きていくのもずっと楽になる道理である。そのときには、人間のすべての行為がこの法則によっておのずと数学的に分類されて、まるで対数表か何かのように、その数も十万八千ほどになり、カレンダーなんぞに書きこまれる。あるいは、もっとうまくいけば、現在の百科辞典式の懇切丁寧な出版物が数種刊行されて、それには万事が実に正確に計算され、表示されることになり、もうこの世のなかには、行為とか事件とかいったものがいっさい影をひそめることになる。
そのときこそ――いや、これも諸君の説なのだが――やはり数学的な正確さで計算され、完璧《かんぺき》に整備された新しい経済関係がはじまり、およそ問題などというものは、一瞬のうちに消滅してしまう。というのも、いっさいの問題について、ちゃんとその回答が用意されているからである。そのときにこそ、例の水晶宮（訳注　十九世紀ロシアの革命的民主主義の思想家チェルヌイシェフスキーの小説『何をなすべきか？』に出てくる未来の社会主義社会）が建つわけだ。そのときにこそ……いや、一言でいえば、そのときにこそ鳳凰が舞いおりるわけなのだ。もちろん、そのときが、たとえば、おそろしく退屈にならないとは（これは、ぼくの意見としていうのだが）、保証のかぎりでない。（なぜといって、万事が表に分類されていたのでは、することが何もないではないか。）だが、その代りには、万事がこのうえなく合理化されることになる。むろん、人間、退屈まぎれに何を思いつかぬものでもない！　例の黄金の針を刺したのだって、退屈まぎれにしたことだ。しかし、そんなことは、どのみちたいしたことではない。ただ、なんともいただきかねるのは（これもぼくの説なのだが）、へたをすると、そのときには、黄金の針を刺されてかえってよろこぶようになるかもしれない、ということだ。なにしろ人間というやつは、馬鹿《ばか》も馬鹿、呆《あき》れ返った代物《しろもの》である。ということは、つまり、けっして馬鹿ではないくせに、およそ類がないほどの恩知らずということなのだ。たとえば、ぼくなどは、もし未来の合理主義一点張りの世のなかに、突如として次のような紳士がひょっくり出現したとしても、いっこうに驚かないつもりである。その紳士は顔つきからして恩知らずで、いや、というより、冷笑型の反進歩派的容貌《ようぼう》としておいたほうがいい、両手を腰にあててふんぞり返り、ぼくら一同に向っていうわけだ。〈どうです、諸君、この理性万能の世界を、ひと思いに蹴《け》とばして、粉微塵《こなみじん》にしてしまったら。なに、それも目的があってのことじゃない。とにかくこの対数表とやらをおっぽりだして、もう一度、ぼくらのおろかな意志どおりの生き方をしてみたいんですよ！〉これもまあいいとしよう。だが、癪《しゃく》なのは、この紳士にかならず追随者が現われる点である。だいたいが人間はそういうふうにできているのだ。しかもこうしたことはすべて、あらためて口にするのも気がひけるほどの、実にくだらない原因から起っている。ほかでもない、人間だれしも、また、いついかなる場合でも、自分の欲するままにこそ行動することを好んできたものであって、けっして理性や利益の命ずるとおりにではなかった、という理由からなのだ。欲するということなら、人間、自分自身の利益に反してだってできるし、ときには、絶対にそうなるしかないことだってある（ここのところは、正真正銘、ぼくの考えだ）。自分自身の自由気ままな恣欲、どんなに無茶なものであれ、自分自身の気まぐれ、ときには狂気と選ぶところないまでかきたてられる自分自身の空想——これこそ例の見落されているもっとも有利な利益であり、これだけはいかなる分類にもあてはまらず、これひとつのために、全システム、全理論がたえず微塵に崩壊する危険にさらされているのだ。だいたいが例の賢者どもは、人間に必要なのは何やら正常で、しかも道徳的な恣欲であるなどという結論を、どこから引張りだしてきたのだろう？　人間に必要なのはつねに合理的で有利な恣欲であるなどと、どうしてそんな想像しかできないのだ？　人間に必要なのは——ただひとつ、自分独自の恣欲である。たとえこの独自性がいかに高価につこうと、どんな結果をもたらそうと知ったことではない。だいたいが恣欲なんて、そんなわけのわからない代物なのだ……

8

〈は、は、は！　それにしても、その恣欲とやらが、へたをしたら、そもそも存在しないのかもしれないじゃないですか！〉諸君は笑いながらこうさえぎるだろう。〈科学はすでに今日でさえ、人間を立派に解剖してくれていますからね、もう万人周知の事実なんですよ、恣欲とか、いわゆる自由意志とかいうものが、ほかでもない、たん

なる……〉

いや、待ちたまえ、諸君、ぼく自身、そんなふうに切りだそうと思っていたところなのだ。だから、白状すると、ぎくりとしたくらいだ。たったいま、ぼくは、恣欲なんてわけのわからない代物で、何に左右されるか知れたものじゃないし、そこがまた、おそらく、めっけものなんだろう、と叫びかけたのだが、そこではたと科学のことを思いだして、それで……絶句してしまった。と、そこへさっそく諸君が半畳を入れたわけなのだ。だって、実際問題として、たとえば、いつの日か、ぼくらの恣欲やら気まぐれやらの方程式がほんとうに発見されてだ、それらのものが何に左右されるか、いかなる法則にもとづいて発生するか、どのようにして拡大していくか、これこれの場合にはどこへ向って進んでいくか、といったようなことがわかってしまったら、つまり、ほんものの数学的方程式が発見されたら、そのときには人間、おそらく即座に欲求することをやめてしまうだろう、いや、確実にやめてしまうに相違ない。だいたい、一覧表に従って欲求するなんて、糞《くそ》おもしろくもないだろう？　それどころか、そうなったら人間は、たちまち人間であることをやめて、オルゴールのピンみたいなものになってしまうだろう。なぜって、欲望も意志も恣欲もない人間なんて、オルゴールの回転軸についているピンもいいところじゃないか？　諸君の考えはどうだろう？　そういうことがありうるものかどうか、ひとつその可能性をかぞえあげてみようじゃないか？

〈ふむ……〉と諸君は解答を出すだろう。〈ぼくらの恣欲は、ぼくらの利益に対する見方が誤っているために、あらかたはまちがっているんですよ。ぼくらがときたまとてつもないナンセンスをしたくなるのも、ぼくらのあさはかさから、このナンセンスこそが、あらかじめ予定された何かの利益に到達するいちばんの近道だと思いこむからなんです。だから、もしこうしたことが全部解きあかされて、紙の上で計算されてしまったら（いや、それも大いにありうることですがね。人間がある種の自然法則を認識できないなどと頭からきめこんでしまうのは、みにくい、たわけたことですから）——そのときには、むろん、いわゆる欲望などというものはなくなってしまうでしょうよ。だって、もし将来、恣欲と理性とが完全に手を結んだとしたら、そのときにはもうぼくらは理性的に判断をくだすだけで、欲望なんかもたなくなるでしょうもの。なにしろ、理性を保ちながら、意味もないようなことを望むなんて、つまり、みすみす理性に逆らって、自分に悪《あ》しかれと望むなんて、どだいありえないことですからね……いや、いつかはぼくらのいわゆる自由意志の法則も発見されるわけで、恣欲やら判断やらがほんとうに全部計算されつくしてしまうかもしれないんですから、してみると、冗談は抜きにして、実際に何やら一覧表のようなものができあがって、ぼくらはこの表にしたがって欲求するというようなことにもなりかねんのですよ。だって、たとえば、ぼくが親指をどこかの指の間から突きだして、赤んべえとばかりだれかを侮辱してやったとしても、それはこれこれの理由でそうせざるをえなかったのだ、しかも、ぜひともこれこれの指を使わざるをえなかったのだ、といったことが計算によって証明されるようなときがくるとしたら、いったいどんな自由がぼくのうちに残されることになります？　ましてやぼくが学者で、どこかの大学を卒業でもしていたら。そうなったらぼくは、三十年もの先まで、自分の全人生を計算できることになる。つまり、一言でいえば、もしそんなことになったら、ぼくらはもう何をすることもなくなってしまう、何でもかでも受け入れるしか手はないのですよ。いや、それよりぼくらは、一般的にいって、たえず倦《う》むことなく、自分に言いきかせておくべきですな。これこれの瞬間、またこれこれの状況のもとでは、自然がぼくらの意向をたずねてくれる気づかいはないわけだから、自然をそのあるがままに受け入れるべきで、けっしてぼくらが空想するように受け入れてはいけない。で、もしぼくらがほんとうに例の一覧表やカレンダーをめざして進んでいるということだったら、いや、それと……たとえば例のレトルトさえもめざしているということだったら、仕方がないから、そのレトルトも受け入れなければならない！　さもないと、そのレトルトのほうから、きみの意向などかまわず、割りこんでくることになる……〉

さよう、そのとおりだ。だが、ぼくならここでひとつコンマを打ちたいところだ！　諸君、ぼくがやたらと哲学づいてしまったのを勘弁してほしい。なにせ、四十年の地下室暮しなのだ！　すこしばかりの空想癖は見逃してほしい。ところで、諸君、理性はたしかにけっこうなものにちがいない、それに異論はない。だが、理性はあくまで理性にすぎず、たんに人間の理性的判断力を満足させるにすぎない。ところが恣欲のほうは、全生命の、つまり、上は理性から下はかゆいところをかく行為までひっくるめた、人間の全生活の発現なのだ。なるほど、このようにして発現したぼくらの生は、往々にしてくだらないものになりがちだけれど、やはりそれは生であり、平方根を求めるだけの作業とはちがうのだ。現にぼくにしたって、しごく当然なことながら、ぼくの生きる能力のすべてを満足させるために生きたいと願っており、けっして理知的能力だけを、つまり、ぼくの生きる能力のたかだか二十分の一にしかあたらぬものだけを満足させるために生きようなどとは思ってもいない。理性が何を知っている？　理性が知っているのは、知識として知りえたことだけだ（ある種のものは、ことによると、けっして知ることがないかもしれぬ。これはたのしいことではないが、だからといって、それを口にしてならぬという法はあるまい？）、だが人間の性《さが》というものは全一的に、人間のうちに意識的、無意識的に存在するいっさいをあげて活動しているのであり、嘘もつこうが、ともかく生きているのだ。どうやら諸君は、ぼくのことをいかにも気の毒そうに見ておられるようだ。またしても諸君はぼくに向ってくり返される――教育ある知的な人間、すなわち、未来の人間がしかくあるべきような人間は、自分にとってみすみす不利益とわかっているようなことを望むはずがない、これはもう数学の公理だ、と。まったくそのとおり、まさしく公理である。だが、くどいようだが、ぼくは百度でもくり返して言いたい。たった一度、ほんとうにたった一度だけかもしれないが、人間がわざと意識して、自分のために有害な、おろかなこと、いや、愚にもつかぬことを望む場合だって、たしかにあるのである。それも、ほかでもない、自分のために愚にもつかぬことまで望めるという権利、自分のためには賢明なことしか望んではならないという義務にしばられずにすむ権利、それを確保したい、ただそれだけのためにほかならないのだ。なぜといって、この愚にもつかぬこと、気まぐれ以外の何物でもないことが、実は、諸君、この地上に存在するいっさいのもののなかで、ぼくら人間にとって何よりも有利なものかもしれない、とりわけ、ある種の場合にはそうなのかもしれないのだから。特殊な例をとるなら、たとえばそれが明白に害をもたらし、利益についてのぼくらの常識のもっとも健全な結論に反するような場合でさえ、やはりそれはあらゆる利益よりもさらに有利なのかもしれない、というのは、すくなくともそれが、ぼくらにとっていちばん大事で貴重なもの、つまり、ぼくらの個と個性とをぼくらに残しておいてくれるからである。現に次のように主張する人もあるくらいだ。たしかにこれこそ人間にとってもっとも貴重なものにちがいない。恣欲は、もちろん、その気にさえなれば、理性と一致することも可能であり、とくに、それを乱用せず、節度をもって用いるなら、なおさらである。そうなれば、これは有益であるどころか、ときには、讃《ほ》むべきことでさえあるではないか、と。しかし、諸君、恣欲というやつは、きわめてしばしば、というより、たいていの場合、まったくかたくなに理性とくいちがうものだ。そして……そして……実をいうと、そこがまた有益であり、ときには讃むべきことでさえあるのだ。諸君、ひとつ人間は馬鹿でない、としてみよう。(実際問題として、人間についてこんなことを口にできた義理ではない。だいいち、もし人間が馬鹿だとしたら、いったいだれが利口だというのだ?)しかし、たとえ馬鹿でないとしても、やはり呆れはてた恩知らずである！　まったくまれに見る恩知らずだ！　ぼくは、人間というやつのいちばんぴったりした定義は、二本足の恩知らずな動物——これだとさえ考えている。しかし、これでもまだ全部を言いつくしたことにはならない。これもまだ人間のいちばん大きな欠点ではない。人間の最大の欠点――それは常住不断の不徳義、人類史の大洪水《だいこうずい》時代にはじまって、シュレズヴィヒ・ホルシュタイン問題にいたるまで変ることなくつづいている不徳義である。不徳義は、当然また、無分別でもある。無分別が不徳義からこそ生ずることは、とうの昔から周知の事実だ。まあ、ひとつ人類の歴史を一瞥《いちべつ》してみたまえ。そこにどんな光景が見える？　壮大な光景だろうか？　なるほど、壮大かもしれない。たとえば、ロドス島の巨像（訳注　エーゲ海上の二つの島に両足を踏まえて立っていたという伝説の巨像）ひとつをとっても、たいしたものだ！　アナエフスキー氏（訳注　十九世紀五、六〇年代の無能な文士で、彼の書くものはたえず嘲笑のまとにされた）がそれについて、ある者はそれを人間の手になるものといい、ある者はそれを自然の産物という、とわざわざ証明する労をとっているのも、いわれないことではない。では、雑然たる光景というべきだろうか？　なるほど、雑然としているかもしれない。あらゆる時代、あらゆる国について、武官、文官の礼服をしらべてみるだけでも、たいした労力だ。これに略装まで含めたら、もうへとへとになって、どんな歴史家だって音《ね》をあげることだろう。では、単調な光景だろうか？　なるほど、まあ、単調ともいえるだろう。闘争、闘争に明けくれて、いまも変らず、昔も戦争、いまも戦争となれば、これはもうあまりにも単調ということになるではないか。つまり、一言でいえば、万国史についてはなんでも言える、どんな調子の狂った頭に浮ぶ想像でもかまわない、ということなのだ。ただひとつ言えないのは、それが理性にかなっている、ということだ。そんなことを言おうものなら、最初の一言からむせ返ってしまうだろう。それに、歴史上にはとんだ珍妙な出来事もしょっちゅうくり返されている。たとえばこの世には、徳の高い、思慮正しい人たち、立派な賢人や人類愛の唱道者などが次々と現われてきて、できるかぎり美徳と英知にみちた行動をとり、いわば自分の光によって隣人の道を照らすことを生涯《しょうがい》の目的にし、そうすることによって、この世のなかでは実際に美徳と英知をもって生きることが可能であると、隣人に示そうとしているふうだ。ところが、どうだろう？　周知のように、こうした人類愛の先生たちのほとんどは、おそかれ早かれ、生涯の終り近くなると、自分で自分を裏切り、一口話のたねになるような、それもときには下劣きわまるような行為をしでかすものなのだ。そこで、諸君に聞きたいが、こういう奇妙な特質を生れながらに持ち合せた動物である人間から、いったい何が期待できるものだろうか？　ひとつこうした人間にあらゆる地上の幸福を浴びせかけ、幸福のなかに頭からすっぽり沈めてしまって、ちょうど水面と同じに、ちっぽけな泡《あわ》だけがわずかに幸福の表面に浮びあがるというようにしてみたまえ、また人間に十二分の経済的満足を与えて、眠ることと、はっか入りの蜜菓子《みつがし》を食べることと、世界史が断絶しないよう気をくばること以外には、文字どおり、何もすることがないようにしてみたまえ。それでもなおかつ人間というやつは、ただもう恩知らずの気持から、中傷根性から、汚《けが》らわしいことをしでかすものなのだ。蜜菓子を棒にふる危険を冒してまで、わざわざ身のためにならぬたわごとを、およそ非経済的なナンセンスを求めるわけで、それもただただ、そうしたけっこうずくめの合理主義に、破滅的な幻想の要素を混じようためだけなのである。ところで人間が、そんな突拍子もない夢想やら、あさましいばかりの愚劣さに必死でとりすがるのも、ただただ、人間がいまだに人間であって、ピアノの鍵盤ではないことを、自分で自分に納得させたい（まるでそれが絶対不可欠事ででもあるように）、そのためだけにほかならないのだ。なるほどこの鍵盤を叩《たた》くのは自然の法則おんみずからにはちがいないが、へたに叩きすぎをやられると、カレンダーなしには何ひとつ欲求することもできなくなる恐れがあるのである。いや、まだまだある。人間がほんとうにピアノの鍵盤であったとして、それが自然科学によって数学的に説明された場合でさえ、人間はそれでも正気に返ることができず、わざとすねてみせるにちがいない。そしてこれが、やはり恩知らずの気持からだけであり、つまりは自我を主張したいためばかりなのだ。もしもそのために適切な手段がないとなれば、破壊や混乱を考えだし、さまざまな苦痛を案出してまでも、なおかつ自我を主張するだろう！　世界を呪《のろ》うことだってやりかねない。ところで呪うことができるのは人間だけだから（これは他の動物と人間をもっともはっきりと区別する人間だけの特権である）、どうやら、人間は呪っているだけでも目的を達することができる勘定になる。つまり、自分が人間であって、ピアノの鍵盤ではないことを、ほんとうに得心できるわけなのだ！　もっとも、諸君はこう言うかもしれない、——混乱だろうと、暗黒だろうと、呪いだろうと、そんなものはすべて例の一覧表によって計算できるから、そうした推計の可能性ひとつだけでも、すべてを未然に押しとどめ、理性の勝利がもたらされる、と。だが、そうなったら人間は、わざと狂人になってでも、理性をふり捨て、自我を押しとおすだけの話である！　ぼくはこのことを信じている。請け合ってもいい。なぜといって、人間のしてきたことといえば、ただひとつ、人間がたえず自分に向って、自分は人間であって、たんなるピンではないぞ、と証明しつづけてきたことに尽きるようにも思えるからだ。たとえ自分の横腹を犠牲にしても証明してきたたし、たとえ穴居生活におちこんでも、やはり証明してきたのだ。してみれば、そんな表などまだ存在していない、恣欲はまだいまのところ、何に左右されるかわけもわからない代物《しろもの》だと、口から出まかせの主張をしていけない理由があるだろうか……

諸君はぼくに向ってこう叫ぶだろう（もちろん、ぼくを叫ぶに値するだけのものと認めてくれたらの話だが）、何もきみの意志を奪おうなどとはだれも言っていやしない、ただなんとかして、きみの意志が自分からすすんで、つまり自発的な意志で、きみの正常な利益や、自然の法則や、算術と合致できるようにしてやりたいと心配してやっているだけだ、と。

〈いや、諸君、問題が一覧表だの、算術だのというところまで行ってしまって、二二が四だけが幅を利《き》かすようになったら、もう自分の意志も糞《くそ》もないじゃないか？二掛ける二は、ぼくの意志なんかなくたって、やはり四だ。自分の意志がそんなものであってたまるものか！〉

9

諸君、もちろん、これは冗談だ。まずい冗談だということも、自分で承知している。しかし、だからといって、何もかも冗談にしてもらっては困る。ひょっとしたら、ぼくは、ぎりぎりと歯がみしながら、冗談を言っているのかもしれないのだ。諸君、ぼくは多くの疑問に苦しめられている。だから、それを解決してもらいたいのだ。たとえば諸君は、人間を古い習慣から解放して、その意志を、科学と常識の要求に即して、叩き直そうとしておられる。しかし、どうして諸君は、人間をそのように改造することが可能であるばかりか必要である、と知っておられるのか？　人間の恣欲を叩き直すことがどうしても必要だなどと、どこから結論されたのか？　一言でいえば、そのような叩き直しがほんとうに人間に利益をもたらすということを、どうして諸君は知っておられるのか？　いや、洗いざらいぶちまけてしまえば、理性の推論や算術によって保証された人間の正常な、真の利益にさからわないことが、ほんとうにいつも人間にとって有利であり、全人類にとって犯すべからざる法則であるなどと、どうして諸君はそれほどまで確信しておられるのか？　だって、これはまだいまのところ、諸君の仮定にすぎないではないか。かりにそれが論理の法則だとしてみたところで、人類の法則なんぞでは全然ないかもしれないのだ。諸君はもしかしたら、ぼくを狂人と思っておられるかもしれぬ。では、ひとつ弁明をさせてもらおう。ぼくとしても、人間が主として創造的な動物であり、意識的に目的に向って突き進み、技師としての役割を果すべき使命を負っていることを認める。つまり人間は、永遠にやむことなく、たとえ行先はどこであろうと、自身の道を切りひらいていくものなのだ。しかし、ほかでもないそのためにこそ、つまり、このように道を切りひらくべき使命を負ってい、るからこそ、人間はときとして脇道《わきみち》へそれたくなるものであるらしい。いや、そのほかに、たぶん、もうひとつ、直情型の活動家が一般にどれほど愚鈍だとしても、その彼らにしてからが、ときには次のような考えに到達するという理由もあるのかもしれない。つまり、道というやつは、たとえ方向はどちらへであるにせよ、とにかくほとんどつねに、どこかへ向ってつづいているものであり、大事なのは、その方向ではなくて、とにかくそれがつづいているようにすること、つまり、品行方正な子供が、技師の仕事を馬鹿《ばか》にして、破滅的な怠惰にふけったりしないようにすることだ、という考えである。周知のように、この怠惰こそは、あらゆる悪徳の母なのだから。人間が創造を愛し、道を切りひらくのを好むものであることは、議論の余地がない。しかし、では、どうした理由で、その人間が破壊と混沌《こんとん》をも夢中になって熱愛するのだろうか？　ひとつお答え願いたいものだ！　しかし、このことについては、ぼく自身、とくに一言しておきたい。人間があれほど破壊と混沌を愛するのは（これはもう議論の余地のないことで、その愛し方がときにきわめて強烈なのも、そのとおりだ）、目的を達し、自分たちが創《つく》っている建物を完成するのを、自身、本能的に恐れているからではないだろうか？　もしかしたら、彼が建物を愛するのは、たんに遠くからだけで、近くに寄ったら全然そうでないのかもしれない、どうしてそうでないといえよう。あるいは、彼が愛するのは、たんにそれを建てる過程だけで、そこに住むことではないのかもしれない。建ててしまったら、あとはその建物を、aux animaux domestiques（家畜ども）、まあ蟻《あり》だとか、羊だとかにやってしまいたいのかもしれない。そこへいくと、蟻などはまったくちがった趣味をもっている。彼らは、こうしたたぐいの驚くべき建物、永遠にこわれることのない蟻塚《ありづか》をもっている。

蟻塚からはじめた尊敬すべき蟻たちの行きつくところは、やはりまた蟻塚であるかもしれないが、これは彼らの営々とした一貫性に栄誉をもたらさずにいないものだ。ところが人間のほうは、思慮の浅い役立たずの動物であって、ちょうど将棋さしと同じように、目的に達する経緯だけを好み、目的そのものはどうでもいいように見える。いや、だれが知ろう（だれにも保証はできない）、もしかしたら、人類がこの地上においてめざしているいっさいの目的もまた、目的達成のためのこの不断のプロセス、いいかえれば、生そのもののなかにこそ含まれているのであって、目的それ自体のなかには存在していないのかもしれない。目的ということなら、むろん、二二が四、つまり方程式以外のものではありえないが、しかし、よく考えてみれば、諸君、二二が四というのは、もう生ではなくて、死の始まりではないのだろうか、すくなくとも人間は、なぜかいつもこの二二が四を恐れてきたし、ぼくなどはいまでもそれがこわい。

なるほど、人間は、この二二が四を見出《みいだ》そうためにこそ、大洋を横切り、その探究のために生命を犠牲にしているかもしれない。しかし、ほんとうに探しあてること、発見することは、断言するが、何かこわがっている様子だ。いったん発見してしまったら、もうそのときは何も探すものがないことを、直感で悟っているのかもしれない。労務者なら、一仕事終えれば、すくなくとも金がもらえて、居酒屋へ出かけて行き、そのあとで警察のご厄介《やっかい》になる。これで、まあ、一週間はつぶせるわけだ、だが、人間はどこへ行けばよい？　すくなくとも、そうした目的が達せられるたびに、人間はどこか気づまりなところを見せるようだ。人間は到達を好むくせに、完全に行きついてしまうのは苦手なのだ。もちろん、これは、おそろしく滑稽《こっけい》なことには相違ないが。要するに、人間は喜劇的にできているもので、このいっさいが、とりもなおさず、語呂《ごろ》合せの洒落《しゃれ》みたいなものなのだ。しかし、それにしても、二二が四というのは鼻持ちならない代物である。二二が四などというのは、ぼくにいわせれば、破廉恥《はれんち》以外の何物でもない。二二が四などというやつが、おつに気取って、両手を腰に、諸君の行手に立ちはだかって、ぺっぺと唾《つば》を吐いている図だ。二二が四がすばらしいものだということには、ぼくにも異論がない。しかし、讃めるついでに言っておけば、二二が五だって、ときには、なかなか愛すべきものではないのだろうか。

それにしても諸君は、ただ正常で、肯定的なもの、つまりは泰平無事だけが人間にとって有利であるなどと、どうしてまたそれほど頑固《がんこ》に、いや誇らしげに確信しておられるのか？　いったい理性は利害の判断を誤ることがないのか？　ひょっとして、人間が愛するのは、泰平無事だけではないかもしれないではないか？　人間が苦痛をも同程度に愛することだって、ありうるわけだ。いや、人間がときとして、おそろしいほど苦痛を愛し、夢中にさえなることがあるのも、まちがいなく事実である。この点なら、何も世界歴史など持ちだす必要はない。もし諸君が人間で、たとえわずかでも人生を生きた経験があるなら、自分の胸に聞いてみるがいい。ぼく個人の意見を言わせてもらえば、泰平無事だけを愛するのは、むしろ不作法なことにさえ思われる。善悪は別として、ときには何かを思いきりぶちこわすのも、やはりたいへん愉快なことではないか。かといってぼくは、とくに苦悩の味方をしているのでも、また泰平無事の肩をもっているわけでもない。ぼくが味方するのは……自分の気まぐれ、いや、それから、必要な場合には、この気まぐれがぼくに保証されること、それだけである。苦悩というやつは、たとえば、笑劇などには登場させてもらえない、これは承知している。水晶宮では、これはもう考えられもしないことだ。苦悩とは疑惑であり、否定であるが、水晶宮で暮してなおかつ疑惑に悩むくらいなら、これはもう水晶宮でも何でもありはしない。ところで、ぼくの確信によれば、人間は真の苦悩、つまり破壊と混沌をけっして拒まぬものである。苦悩こそ、まさしく自意識の第一原因にほかならないのだ。ぼくは最初のほうで、自意識は、ぼくの考えでは、人間にとって最大の不幸だ、などと説いたが、しかしぼくは、人間がそれを愛しており、いかなる満足にもそれを見変えないだろうことを知っている。自意識は、たとえば、二二が四などよりは、かぎりもなく高尚《こうしょう》なものである。二二が四ときたら、むろんのこと、あとにはもう何も残らない。することがなくなるだけではなく、知ることさえなくなってしまう。そのときにできることといったら、せいぜい自分の五感に栓《せん》をして、自己観照にふけることくらいだろう。ところが、自意識が一枚かんでくると、なるほど結果は同じで、やはり何もすることがなくなってしまうにしても、しかし、すくなくとも、ときどきは自分で自分を鞭打《むちう》つぐらいのことはできるわけで、これでもやはり多少は救いになるのである。なんとも消極的な話だが、それでも、何もないよりはましというわけだ。

10

諸君は、永遠に崩れ去ることのない水晶宮を信じておられる。つまり、内証でぺろりと舌を出されたり、こっそりと赤んべえをされたりするはずのない建物の存在を信じておられる。ところがだ、ひょっとするとぼくは、この建物が水晶でできていて、永遠に崩れ去ることがなく、内証で舌も出せないような代物であるからこそ、それを恐れているのかもしれない。

　まあ、早い話が、もし宮殿のかわりに鶏小屋でもあって、たまたま雨が降りだしたということなら、ぼくは、おそらく、雨にぬれないために、その鶏小屋にもぐりこむことだろう。しかし、だからといって、鶏小屋がぼくを雨から守ってくれたことに感謝感激のあまり、その鶏小屋を宮殿ととりちがえたりはしないつもりだ。諸君は笑って、その場合には、鶏小屋も宮殿も同じことだ、とさえいわれるだろう。そうだとも、とぼくは答える。雨にぬれないためだけに生きるのだとしたらね、と。

　しかし、もしもぼくが、人間、生きるのはこんなことのためだけではない、どうせ生きるのなら、宮殿で生きたいものだ、などという執念にとりつかれたら、どうすればいいだろう。これはぼくの恣欲《しよく》、ぼくの願望である。これをぼくの頭から削り取りたいということなら、ぼくの願望そのものを変えてしまうしかない。では、ひとつ変えてみたまえ、ほかのものでぼくの気を引き、別の理想をあてがってみるがいい。だが、そうなるまでの間は、ぼくはけっして鶏小屋を宮殿と思いちがえたりはしないだろう。たとえ水晶宮がただのフィクションで、自然の法則からして考えられないものであろうとも、また、そんなものはぼく自身が、ただただ自分の愚かさのために、ぼくらの世代に固有ないくつかの古くさい、非合理的な習性のために、頭で考えだしたものであろうと、ひとつもかまいはしない。だいたい、それがありうべからざるものであろうと、なかろうと、ぼくには何のかかわりもないことだ。たとえそれがぼくの願望のなかにだけ存在しているものだとしても、いや、より正確に言えば、ぼくの願望が存在するあいだだけ存在するものだとしても、どうせ同じことではないのか？　諸君はまた笑うかもしれない。笑ってくださってけっこう。ぼくはどんな嘲笑《ちょうしょう》も甘んじて受けるが、それでも、自分が食べたいと思うときに、満腹です、などと言うつもりはない。とにかく、ぼくにはわかっているのだ、——ぼくが妥協に甘んずるはずのないことが、自然の法則から見て存在しているはずだとか、いや、現実に存在しているとかいうだけの理由で、ぼくが無限循環のゼロなんぞに安住する気づかいはないことを。いくつもの部屋を千年契約で貧乏な間借人に貸すようになっていて、しかも万一の用心に歯科医ワーゲンハイム先生の看板までかけてある広大なアパートをもってこられたって、ぼくはそんなものを自分の願望の王冠だとはみなさない。ぼくの恣欲を消滅させ、ぼくの理想を抹殺《まっさつ》して、それよりはいくらかましなものを見せてもらいたい。そのときにはぼくも、諸君に従うだろう。諸君は、あるいは、そんなことには掛り合うだけの価値もない、と言われるかもしれない。だが、そうなれば、ぼくも同じ言葉を諸君に返すまでだ。ぼくらは真剣に議論しているはずだ。だから、もし諸君がぼくなんかには目もくれないということなら、ぼくのほうから頭をさげて頼みこむつもりもない。ぼくには地下室があるのだから。

だが、いまのところは、ぼくもまだ生きているし、欲望ももっている。となれば、たとえこの手が腐ったって、そんな広大なアパートの建築のために、煉瓦《れんが》ひとつ運んでやるものじゃない！　ぼくがさっき水晶宮を否定するにさいして、唯一《ゆいいつ》の理由として、そいつに舌を出してやれないことをあげたが、その点には目をつむってほしい。ぼくがあんなことを言ったのは、舌を出すのが大好きだからではさらさらない。ひょっとしたら、ぼくは、これまでに諸君の建物のなかに、舌を出さないでもすむような建物がひとつもないので、そのことに腹を立てただけかもしれない。それどころか、もしもぼく自身、もう二度と舌を出す気にならないように、万事がうまくいったら、それに対する感謝の気持からだけでも、ぼくは自分の舌をそっくり切りとらせてもいいと思っている。そんなふうにうまくいくはずがなく、せいぜい貧乏人のアパートぐらいで満足しなければならないとしても、ぼくの知ったことではない。なぜぼくはこんな願望をもつように創られているのだ？　まさか、ぼくの成り立ちいっさいがペテンだという結論を導きだすためだけに、ぼくという人間が創られたわけでもあるまい？　まさか、それが目的の全部ではあるまい？　そんなことがあるものか。

もっとも、こういうこともある。つまり、ぼくらのような地下室の住人は、しっかりと抑えつけておく必要があるということだ。彼は、たしかに四十年間も無言で地下室に閉じこもっていられるが、いったん世のなかへとび出したが最後、それこそ堰《せき》が切れたように、しゃべって、しゃべって、しゃべりまくるものなのだ……

11

結局のところ、諸君、何もしないのがいちばんいいのだ！　意識的な惰性がいちばん！　だから、地下室万歳！　というわけである。ぼくは正常な人間を見ると、腸《はらわた》が煮えくり返るような羨望《せんぼう》を感ずると言ったけれど、現にぼくが目にしているような状態のままでは、正常な人間になりたいとはつゆ思わない（そのくせ、ぼくは彼らを羨《うらや》むことをやめるわけではない。いや、いや、地下室のほうがすくなくとも有利なのだ！）。そこでなら、すくなくとも……えい！　ここまできて、まだ嘘《うそ》をつこうというのか！　嘘というのは、いちばんよいのはけっして地下室ではなくて、ぼくが渇望《かつぼう》していながら、けっして見出せない何か別のものだということを、二二が四ほどにはっきり知っているからだ！　地下室なんぞ糞くらえ！

いまの場合でいえば、せめてこんなことでもまだましだと思う、——つまり、それは、ぼくがいま書いたことのなかで、何かひとつでもいい、自分で信ずることができたら、ということである。諸君、誓っていうが、ぼくはいま書きなぐったことを、一言も、ほんとうに一言も信じていないのだ！　つまり、信じることは信じているのかもしれないが、それと同時に、どうしたわけか、自分がなんともぶざまな嘘をついているような気持をふっきれないのだ。

〈じゃ、何のためにこんなことを書いたのかね？〉と諸君は言われるだろう。

〈それならひとつ、諸君を四十年間も、なんの仕事もさせずに閉じこめておいて、そのうえで、四十年目に、諸君がどうなっているか、そいつを伺いに地下室に諸君をお訪ねしてみましょうか。いったい人間を四十年間も、仕事をさせずに一人でほうっておいていいものかどうか？〉

〈よく恥ずかしくもなくそんなことを、よくもまあ鉄面皮に！〉と、諸君は、見下げはてたというふうに頭を振りながら、こう言われるかもしれない。〈きみは生活に飢えているくせに、自分では生活上の問題を論理の遊戯で解決しようとしている。きみの言いぐさは、なるほどひどくくどくて、厚かましいが、そのくせきみはびくびくものじゃないですか！　きみは無意味なことを言って、それに満足しているし、厚かましいことを口にしては、内心、それが気にかかってならず、わび言ばかり並べている。怖いものなしだなどと大きな口を叩《たた》きながら、ぼくらの意見におもねることも忘れない。きみの警句がまるでへたくそなものだということを自身承知しながら、どうやら、その文学的価値にやにさがっているふうですよ。たぶん、きみにしたって、苦しんだことはあるのだろうけれど、きみは自分の苦悩なんて屁《へ》とも思っちゃいない。きみには真実はあっても、純真さが欠けている。つまり、きみは、実にけちくさい見栄《みえ》から、きみの真実を恥ずかしげもなく見せものにして、安売りをやらかしているんですよ……たしかにきみにも何か言いたいことはあるのだろうけれど、恐ろしくて、その最後の言葉をかくしている。それも、きみにそれを口に出すだけの決断がなくて、臆病《おくびょう》な厚かましさしかないからだ。きみは自意識を鼻にかけているが、要するにぐずをきめこんでいるだけだ。なぜといって、きみは理知こそ働いているけれど、心は淫蕩《いんとう》に汚《けが》されているからだ。清純な心がなかったら、健全な正しい意識もありはしないのさ。それにまた、なんてくどい男だろう、やたら強引で、もったいぶっているだけじゃな

いか！　嘘だ、嘘だ、嘘ばかりだ！〉

もちろん、諸君のこういう言葉は、ぼくがいま自分で創作したものだ。これも、地下室の産物である。ぼくはあそこで四十年間もぶっつづけに、諸君のこうした言葉を壁の隙間《すきま》から盗み聞きしていたのだ。それはぼく自身が頭で考えだしたことだ、とにかく、こんなことしか頭に浮んでこないのだから仕方がない。そらで暗記してしまって、文学的な形式をとるようになったとて、べつにふしぎではあるまい……

しかし、それにしても諸君は、ぼくがこいつをすっかり印刷して、そのうえ諸君に読ませるつもりでいるなどと想像するほど、それほどまでほんとうにお人好《ひとよ》しだろうか？　だが、そうだとすると、ぼくにはもうひとつ疑問が生じる。いったい何のためにぼくはきみらを『諸君』と呼んだり、まるでほんとうの読者に対するような態度を取ったりしているのだろう？　ぼくがいま物語ろうとしているような告白は、印刷すべきものでもないし、他人に読ませるべきものでもない。すくなくともぼくには、それだけの覚悟もないし、また、そんな覚悟など必要ないと思っている。だが、実をいうと、ぼくの頭にはいま一つの空想が浮んできた。そして何にかえても、ぼくはそれを実現したいと思うのだ。それは、次のようなことである。

どんな人の思い出のなかにも、だれかれなしには打ちあけられず、ほんとうの親友にしか打ちあけられないようなことがあるものである。また、親友にも打ちあけることができず、自分自身にだけ、それもこっそりとしか明かせないようなこともある。さらに、最後に、もうひとつ、自分にさえ打ちあけるのを恐れるようなこともあり、しかも、そういうことは、どんなにきちんとした人の心にも、かなりの量、積りたまっているものなのだ。いや、むしろ、きちんとした人であればあるほど、そうしたことがますます多いとさえいえる。すくなくともぼく自身についていえば、やっと先頃《さきごろ》、自分の以前のアバンチュールのいくつかを思い出してみようと決心はしたものの、いまにいたるまで、いつも、ある種の不安さえおぼえて、それを避けるようにばかりしていたものである。しかし、たんに思い出すだけでなく、書きとめようとさえ決心したいまとなっては、せめて自分自身に対してぐらい、完全に裸になりきれるものか、真実のすべてを恐れずにいられるものか、ぜひともそれを試してみたいと思う。ついでにいっておくが、ハイネは、正確な自叙伝なんてまずありっこない、人間は自分自身のことではかならず嘘をつくものだ、と言っている。彼の意見によると、たとえばルソーはその懺悔録《ざんげろく》のなかで、徹頭徹尾、自己中傷をやっているし、見栄から計画的な嘘までついている、ということだ。ぼくはハイネが正しいと思う。ぼくにはよくわかるつもりだが、ときには、ただただ虚栄のためだけに、やりもしないいくつもの犯罪をやったように言いふらすこともあるものだ。それから、これがどういう種類の虚栄であるかも、ちゃんと心得ているつもりだ。しかし、ハイネが問題にしたのは、公衆の面前で懺悔した人間のことである。ところがぼくは、ただ自分ひとりだけのために書いている。そして、きっぱりと断言しておくが、ぼくがまるで読者に語りかけるような調子で書いているのも、それはただ外見だけの話で、そのほうが書きやすいからにすぎない。これは形式、からっぽの形式だけであって、ぼくに読者などあろうはずがないのだ。このことはもう明言しておいた。

ぼくはこの手記の体裁については何物にも拘束されたくない。順序も系統も問題にしない。思いつくままに書くだけだ。

もっとも、こんなことを言うと、その言葉尻《ことばじり》をとられて、諸君から質問を受けるかもしれない。もしきみがほんとうに読者を予想していないのなら、順序も系統も問題にしないとか、思いつくままに書くとか、そんな申し合せをわざわざ自分自身とやっているのはどういうわけだ、しかも紙の上で？　いったい何のための言いわけだ？　何のためのわび口上だ？

〈いや、実はそこのところだが〉とぼくは答える。

とはいえ、ここにはまたいろいろと複雑な心理があるのだ。もしかしたら、ぼくがたんに臆病者だということかもしれないし、また、もしかしたら、この手記を書くにあたって、できるだけ羽目をはずすまいために、わざわざ自分から読者を想定しているのかもしれない。そんな理由なら、何千となくある。

だが、もうひとつ、こういうこともある。いったいぼくは何のために、なんのつもりで書く気になどなったのか？　もし読者のためでないとしたら、頭のなかで思い起すだけで、何も紙に移すまでのことはないではないか？

なるほど、そのとおりだ。だが、紙に書くと、何かこうぐっと荘重になってくるということもある。そうすると、説得力が増すようだし、自分に対してもより批判的になれるし、うまい言葉も浮んでくるというものだ。そのほかに、手記を書くことで、実際に気持がかるくなるということがある。たとえば、きょうなど、ぼくはある遠い思い出のためにとりわけ気持が滅入《めい》っている。これはもう数日前からまざまざと思い起されて、それ以来、まるでいまいましい音楽のメロディーかなんぞのように、頭にこびりついて離れようとしないのだ。ところが、これはどうしてもふり切ってしまわなければならないものである。こうした思い出が、ぼくには数百もあるが、その数百のなかから、時に応じてどれか一つがひょいと浮びだし、ぼくの気持を滅入らせるのだ。どういうわけかぼくは、それを手記に書いてしまえば、それから逃れられるような気がしている。どうして試してみてはいけないだろう？

最後にひとつ、ぼくは退屈しているくせに、いつも何もしていない。ところが、手記を書くというのは、見るからに仕事らしい。人間、仕事をしていると、善良で正直になるともいう。では、これもまあ一つのチャンスではないか。

きょうは雪が降っている。ぼた雪に近い、黄色い、にごった雪だ。きのうも降った。二、三日前にもやはり降った。ぼくの感じでは、このぼた雪が機縁で、いま、どうしてもぼくから離れようとしないあの話を思い出したのらしい。それなら、これも、ぼた雪にちなむ物語ということにしておこう。

II ぼた雪にちなんで

迷いの闇《やみ》のふかい底から
火と燃える信念のことばで
おちぶれた魂を引きあげたとき、
おまえは　深い苦悩にみたされ
両の手をもみしだいて
おまえをとらえた悪を呪《のろ》った。
もの忘れがちな良心を
思い出のかずかずで責めながら
わたしを知るまでのすべてを
おまえはものがたってくれた。
そして　ふいに両の手で顔をおおい
羞恥《しゅうち》と恐怖におののきながら
おまえは　心ゆく涙にくれた、

怒りと　心のたかぶりを
どう抑えようもなくて……云々《うんぬん》

N・A・ネクラーソフの詩より

1

そのころ、ぼくはやっとまだ二十四歳だった。だがぼくの生活は、もうそのころから、陰気くさい、しまりのないもので、人間ぎらいといえるほど孤独だった。ぼくはだれともつき合わず、話をすることも避けてまわり、ひたすら自分だけの片隅《かたすみ》に閉じこもっていった。勤務先の役所では、だれの顔も見ないようにさえしていた。そのくせぼくは、同僚たちがぼくを変人扱いしているだけでなく、——もうひとつ、いつも感じていたことだが、——ぼくのことを露骨な嫌悪《けんお》の目で見ているらしいことに、はっきりと気がついていた。ぼくはよく考えたものだ。なぜぼく以外の人間は、自分が嫌悪の目で見られているという感じをもたずにいられるのだろう？　と。役所の同僚の一人に、見るもいやらしいあばた面《づら》で、おまけに強盗のようなご面相の男がいた。ぼくなら、あんなみっともない顔をしていたら、だれに対しても目をあげることさえできなかっただろう。もう一人の同僚は、そばへ寄っただけでぷんといやな臭《にお》いがするくらい、さんざんに着古した制服を着ていた。ところが、この二人が二人とも、服のことでも、顔のことでも、あるいは何か精神的なことでも、なんのひけめも感じていないらしいのである。そのどちらも、自分が嫌悪の目で見られているなどとは思ってもみなかった。それに、たとえ思ってみたところで、だからどうということはなかった。上役ににらまれさえしなければ、それでいいのだ。いまとなってみればわかりきったことなのだが、ぼくはむやみと虚栄心が強く、そこで当然、自分自身に対してあまりに厳格であるために、しばしば狂人めいた不満を抱いて自分を眺《なが》めることがあり、ときにはそれが嫌悪の念にまで高まったものだった。そのためにぼくは、自分の見方を他のだれにも押しおよぼしていたわけなのだ。たとえば、ぼくは自分の顔を憎み、それを醜悪なものと思い、そこに何かいやしい表情があるとまで疑っていた。そこで、いつも役所に出るたびに、自分のいやしさを気づかれまいとして、できるかぎり俗事に無関心といった態度をとり、顔にはできるかぎりおっとりした表情を浮べようと、苦心惨憺《さんたん》したものである。〈美しい顔でないのは仕方ないから〉とぼくは考えた、〈その代り、上品で、表情ゆたかで、それから、何よりもまず、とびぬけて理知的でなくちゃいけない〉。しかしぼくは、自分の顔でこんな立派な表情を出すのはとてもできない相談だと、みじめなくらいよく知っていた。だが、何よりたまらなかったのは、ぼくが自分の顔を間抜け面そのものと感じていた点である。さもなければ、ぼくも文句など言いはしなかったろう。たとえいやしい表情だと言われても、それと同時にぼくの顔がすばらしく理知的だと見てもらえるのなら、ぼくにはなんの異存もなかった。

いうまでもなく、ぼくは役所の同僚と見れば、だれかれの別なく一様に憎み、しかも軽蔑《けいべつ》していたが、と同時に、どこか怖《おそ》れているふうでもあった。どうかすると、ふいに彼らが自分より一段上の人間に見えて、あがめだすこともあった。しかもぼくの場合、軽蔑するにしろ、あがめるにしろ、それが何かこうだしぬけにそうなってしまうのだった。知性をもった一人前の人間なら、自分自身に対する無限の厳格さをつらぬき、ある場合には自分を憎まんばかりに軽蔑するのでなければ、虚栄心の強い人間にはなりえないはずである。しかしぼくは、相手を軽蔑するにしろ、あがめるにしろ、だれと会ってもほとんど例外なく、目を伏せてしまったものだった。実験までしてみたこともある。いま向い合っている人間の視線を最後まで受けとめられるだろうか、というわけだ。だが、いつも先に目を伏せてしまうのは、ぼくのほうだった。これはぼくを気が狂いそうなほど苦しめた。ぼくはまた、自分がもの笑いのたねになるのを病的なくらい恐れていたから、外見にかんするかぎり、万事につけて旧来のしきたりに盲従し、嬉々《きき》として世人のひそみにならい、およそ常軌を逸したことにはそれこそ怖気《おぞけ》をふるわんばかりだった。しかし、どうしてぼくに我慢などできたろう？　ぼくは現代の知的人間にふさわしく、病的なまで知能が発達していた。ところが、やつらときたら、どいつもこいつも鈍感で、しかも、まるで羊の群れのように、おたがい同士そっくりなのだ。たぶん、役所中でぼく一人だけが、自分は臆病者《おくびょうもの》で奴隷《どれい》のような存在だといつも感じていたのかもしれない。そう感ずるのは、ほかでもない、ぼくが知的に発達していたからである。しかし、実をいうと、それはそう感じられただけではなく、実際にもそうだったのだ。つまり、ぼくは事実、臆病者で、奴隷だったのである。ぼくはこう言っても、ひとつも気恥ずかしいとは思わない。現代のちゃんとした人間は、すべて臆病者で、奴隷であるし、そうでなければならないものなのだ。これは、現代人の正常な状態である。これはぼくの深く確信するところだ。現代人はそういうふうに創《つく》られ、そうなるようにできているのだ。なにも現在とくに、たまたま偶然的な事情がかさなってそうなったわけではなく、一般にいつの時代にも、ちゃんとした人間は臆病者で奴隷だったのだ。これは地上におけるちゃんとした人間全体に通じた自然の法則である。たとえ彼らのうちのだれかが、たまたま何かのきっかけで勇気をふるうことがあったとしても、そんなことでいい気になったり、感激したりしないがいい。どうせほかのことでは弱気を出すにきまっているのだから。これがただひとつ、永遠につづく常道である。勇気をふるうのは、せいぜい驢馬《ろば》とその雑種くらいのもので、それも例の壁までの話だ。彼らなど注意を払うにも値しない。なぜといって、彼らはまったく何の意味ももたない存在なのだから。

当時のぼくは、もうひとつ、別のことにも苦しめられていた。ほかでもない、だれひとりぼくに似ている者がなく、一方、ぼく自身もだれにも似ていない、ということである。〈ぼくは一人きりだが、やつらは束になってきやがる〉、ぼくはこう考えて、すっかり考えこんでしまったものだ。

これひとつからも、ぼくがまだほんとうの小僧っ子だったことは明らかだろう。ときには、まるで正反対のことも起った。とにかく、役所へ行くのがいやでいやでたまらなくなることがよくあって、あげくは、半病人のようになって勤めから戻ることもしばしばだったが、それが突然、別になんのきっかけもなく、懐疑と無関心の時期にとってかわられる（ぼくのは、何によらず間歇《かんけつ》的なのだ）、そして、そうなると、こんどはぼく自身が、自分のこらえ性のなさや好悪《こうお》のはげしさをあざ笑い、自分で自分のロマンチシズムを責めはじめるのだ。人とは口をきくのもいやだと思っていたくせに、それがこんどは、おしゃべりに夢中になるどころか、やつらと友だちづきあいまでしようという気持になる。例の気むずかしさも、何かの拍子にすっとあとかたもなく消えてしまう。いや、もしかしたら、そんなものはもともとぼくにはなかったもので、書物から仕込まれた借りものだったのかもしれない。ぼくはいまにいたるまで、依然としてこの問題を解決できないでいる始末だ。一度など、すっかりやつらと仲好くなって、家庭を訪ねたり、トランプ遊びをしたり、ウォトカを飲んだり、昇進の噂《うわさ》話《ばなし》をしたりまでしたものだ……しかし、ここでちょっと横道にそれるのを許してもらいたい。

　われわれロシア人には、一般的に言って、ドイツ流の、ましてやフランス流の現実ばなれした馬鹿《ばか》げたロマンチストは、かつて存在したためしがなかった。つまり、足もとの大地が裂けようと、全フランスがバリケードの上で死に絶えようと、びくともするものでなく、たとえ義理にでも変ってみせようことか、あいも変らず自分たちの現実ばなれした歌をうたいつづける、要するに、馬鹿は死ななきゃ直らない、といった手合いである。ところが、わがロシアの地には馬鹿がいない。これは周知の事実で、そこにこそ、ドイツなどのほかの土地とのわが国の相違点があるのである。したがって、現実ばなれしたロマンチストも、わが国では純粋の形では育たない。こんなことは、あの当時の《実証的な》わが評論家や批評家たちが、コスタンジョグロ（訳注　ゴーゴリの『死せる魂』第二部の主人公）やピョートル・イワノヴィチ（訳注　ゴンチャロフの『平凡物語』の主人公）の小父《おじ》さんたちを追いかけまわして、無分別にも彼らをわれわれの理想ととりちがえた結果、ロシアのロマンチストも、ドイツやフランスのそれと同じく現実ばなれした連中だと、とんだぬれぎぬを被《き》せただけのことにすぎない。事実は逆で、わがロマンチストの性格は、ヨーロッパ流の現実ばなれした連中とはまったく正反対で、ヨーロッパ流の物指《ものさし》など、どれもこれも物の役にも立ちはしないのだ。（ひとつこの《ロマンチスト》という言葉を使うのを許してもらいたい。これは由緒《ゆいしょ》ある立派な言葉で、しかもみなに親しまれている。）わがロマンチストの特色は、すべてを理解し、すべてを見ること、しかも、わが国のもっとも実証的な頭脳の持主が見るよりもしばしば比較にならぬほど明断に、見ることである。何人《なんぴと》とも何物とも妥協しないが、同時に何事も毛嫌《けぎら》いすることなく、すべてにさからわず、すべてに譲って、だれに対しても如才なく振舞い、有益な、実際的な目的（たとえば官舎、年金、勲章など）をつねに見失うことなく、いかなる熱狂のかげにも、またいとやさしい抒情《じょじょう》詩集の行間にもこの目的を見定め、しかも同時に、かの《美にして崇高なるもの》を生涯《しょうがい》の最後の日までしっかりと自分のうちにもちつづけ、そのついでに自分自身をも、何かの宝石を綿にくるんで蔵《しま》うように、無傷で保存することである。まあ、その名目は、たとえば、例の《美にして崇高なるもの》のためだとしてもよい。わがロマンチストはなかなかのやり手であり、わが国のペテン師たちのなかでも、第一級のペテン師にほかならない。これは、自分の体験上からも、諸君に確言できることだ。もちろん、これはすべて、そのロマンチストが聡《そう》明《めい》だとしての話である。いや、ぼくとしたことが何を言っているのだ！　ロマンチストはいつだって聡明だったはずではないか。ただ、ぼくが言いたかったのは、わが国にも馬鹿なロマンチストがいることはいたが、そんな連中は問題にするにもあたらない、というのは、彼らはまだ脂《あぶら》の乗りきっていた最中《さなか》に、すっかりドイツ人に生れ変ってしまって、自分の宝石を蔵っておくのに都合がいいからだろう、ドイツのどこか、それもおおかたはワイマールとかシュバルツバルトといったあたりに移住してしまったからである。早い話が、ぼくにしても、自分の役人生活を心底軽蔑していながら、ただ必要上やむをえず、というのは自分がそこに納まり返って、そのおかげで給料をもらっていたからだが、唾《つば》を吐きちらしておさらばというような真似《まね》をしなかった。いや、何がどうであれ、結果的には唾を吐きちらさなかったわけだ。わが国のロマンチストは、ほかに就職口のあてでも見えているのでなければ、たとえ発狂することがあっても（もっとも、これもごく稀《まれ》な例だが）、唾など吐きちらしはしない。そんなわけで、彼らがむりやりくびを切られるということもけっしてない。まあ、せいぜい《スペインの王様》（訳注　ゴーゴリの『狂人日記』の主人公ポープリシチンの空想）といった格で精神病院に送りつけられるぐらいのことだが、それとてもよほど重症の場合にかぎる。ところが、わが国で発狂したりするのは、髪の毛の白っぽいひよわな連中だけと相場がきまっている。呆《あき》れ返ったロマンチストの大多数は、時がくればみなひとかどの地位に昇進していくのだ。相容《あいい》れぬはずの感幅の広さといおうか！　いや、それより、よくもこれだけ矛盾し、相容れぬはずの感情生活をもちこたえられるものだ！　当時もぼくは、このことに意を強うしていたものだが、その考えはいまも変らない。だからこそわが国には、たとえ堕落のどん底に身をもちくずしても、なおかつ自分の理想を見失うことのない《幅の広い人格》の持主がこんなにも多いのだ。なるほど彼らは、自分の理想の実現のために指一本動かすわけではないが、というより札つきの泥棒《どろぼう》、強盗なのだが、それでも自分の本来の理想とくれば、感涙にむせばんばかりあがめまつっていて、腹のなかをのぞけば、それこそ異常なくらいきれいなものなのだ。さよう、札つきの卑劣漢が完全に、というよりむしろ崇高なほど潔白な心の持主で、しかも同時にまぎれもない卑劣漢であるなどというのは、ただわがロシアにおいてのみありうる現象である。くり返すが、わがロマンチストの間からは、それこそ引きもきらず、すばらしいやり手の悪漢どもが現われてきて（ぼくはこの『悪漢』という言葉が好きだ）、おそれ入った現実感覚と実証的な知識のほどを見せつけるので、その筋のおえら方も一般世人も、ただただ呆れ返って舌打ちするしか手がないのである。

この幅の広さは、まさしく舌を巻くほどのものであり、状況の変化に応じて、これがどう変っていくか、いかに仕上げられていくか、将来われわれに何をもたらすかは、まさしく神のみぞ知るとしか言いようがない。とにかく出来がちがうのだ！　ぼくは何も滑稽《こっけい》な、古くさい愛国心の義憤にかられて、こんなことを言っているのではない。もっとも、どうやら諸君は、ぼくがまたにやにやしているとお考えらしい。いや、実はその反対で、ぼくが本気にそう考えているのだ、と思いこんでおられるのかもしれない。そんなことは、だれにもわかりゃしない。いずれにしても、諸君、ぼくは諸君の二様の意見のどちらをも徳とし、光栄と考えるものだ。ともかく、ぼくが横道へそれたことをお許し願いたい。

同僚とのつき合いは、もちろん、長くはつづかないで、じきにぼくは彼らを見かぎってしまった。そして、当時のぼくの若さと無経験から、それこそ絶交でもしたように、あいさつすることもやめてしまった。もっとも、これはぼくの生涯にただの一度しかなかったことである。がいしていえば、ぼくはいつも一人だった。

まず第一、家にいるときは、ぼくはたいてい本を読んでいた。ぼくの内部に煮えくり返っているものを、外部からの感覚でまぎらわしたかったのである。ところで、外部からの感覚のなかで、ぼくに手のとどくものといえば、読書だけだった。読書は、むろん、たいへん役に立った。興奮させたり、楽しませたり、苦しめたりしてくれた。しかし、それでもときどきはおそろしく退屈になった。なんといってもやはり動きたくなってくる。そして突然ぼくは、暗い、地下の、いまわしい淫蕩《いんとう》——いや、淫蕩ともいえぬ、みみっちいアバンチュールにふけりだすのである。ぼくのセックスは、ぼくがたえず病的に苛立《いらだ》った状態におかれているために、強度に鋭敏だった。衝動はときにヒステリーの発作じみていて、涙やけいれんをともなった。なにしろ読書以外には、どこへも行き場がなかったのだ。つまり、当時のぼくの周囲には、尊敬できるもの、心を惹《ひ》かれるものが何もなかったのである。それに加えて、感情の鬱屈《うっくつ》があった。矛盾を、コントラストを求めようとするヒステリックな渇望《かつぼう》があった。こうしてぼくは女遊びに身をもちくずしていったのである。ぼくはけっして自分の弁解をするために、こんな多言を弄《ろう》しているのではない……いや、やはりちがう！　これは嘘《うそ》だ。ぼくはまさしく自己弁解がしたかったのだ。これは、諸君、ぼく自身のためにことわっておくまでである。ぼくは嘘をつきたくない。もう約束したとおりだ。

ぼくは夜ごと、ひとりきり、こっそりと、びくびくもので、きたならしい女遊びにふけった。そして、醜悪感が絶頂に達するあの瞬間にもぼくを離れようとせず、そういう瞬間にこそかえって呪詛《じゅそ》の気持にまで高まる羞恥心を、いつも胸に抱いていた。

ぼくはもうそのころから、自分の内心に地下室をかかえていたのだ。何かの拍子に人に見られはすまいか、だれかに行き合いはすまいか、素姓《すじょう》を知られはせぬかと、それぱかりがやけに気になった。そしてぼくは、ことさらあやしげな場所をえらんで、あちこちほっつき歩いた。

ある夜、一軒の安レストランの前を通りかかると、明るく灯《ひ》のともった窓ごしに、客が撞球台《どうきゅうだい》のまわりでキューをつかんでなぐり合っており、やがてその一人が窓から突き落されるのが見えた。ほかのときだったら、ぼくはたまらなくいやな気持になったはずなのだが、そのときはどうした加減か、窓から突き落されたその紳士がふいに羨《うらや》ましくなった。羨ましさのあまり、その安レストランの撞球場まで入って行ったほどである。〈ぼくもひとつなぐり合ってみよう、そうすれば、ぼくも窓から突き落されるだろう〉というわけだった。

ぼくは酔っぱらってはいなかったが、かといって、どうしようもなかった。人恋しさがこうじると、こんなヒステリーじみた真似までしでかすものなのだ！　しかし、結局は何事もなくすんだ。ぼくには窓からとび降りるだけの才覚もないと思い知らされて、喧嘩《けんか》もせずに引揚げてきたような次第だった。

そこへ足を踏み入れたとたん、ぼくはまず一人の将校に出鼻をくじかれた。

ぼくは撞球台のわきに突立って、相手がそこを通らねばならないのに、そうとは知らず道をふさいでいた。すると彼は、いきなりぼくの両肩をつかんで、無言のまま——わけもなにもあったものじゃない——ぼくを、立っていた場所から別の場所へ置き移し、それこそぼくなど眼中にないといった顔でそこを通って行ってしまったのである。いっそなぐられたのなら我慢もしようが、そんなふうに人を置き移しておいて、しかも完全に無視されたのでは、なんとも腹の虫がおさまらなかった。

もっと本格的な、もっと正しい、作法にかなった、いわば、もっと文学的な喧嘩ができるのだったら、ぼくはそのとき、何を投げだしてもかまわないような心境だった。まるで蠅《はえ》同然の扱いを受けたのだ。この将校は二メートルもあろうという大男で、ぼくのほうはちんちくりんのやせっぽちだった。とはいえ、喧嘩をするしないは、ぼくの出方しだいだったのだ。ちょっと文句をつけさえすれば、むろん、すぐにも窓からほうり出してもらえたはずである。しかし、ぼくは思いなおし……無念の涙をのみながら、こそこそと退散することにした。

ぼくは興奮し、動転した気持でレストランを出ると、まっすぐに家へ帰り、その翌日には、前よりもいっそうおずおずと、みじめたらしい、いじけた気持で、例の女遊びをつづけた。それこそ目に涙をたたえんばかりのしょげ返りようだったが、それでも、つづけることはつづけたのだ。もっとも、ぼくが将校に立向っていかなかったのを、臆病のせいだなどとは思わないでほしい。ぼくは、行動のうえではいつもびくついていたけれど、心のなかではけっして臆病者であったためしがない。いや、笑うのは待ってほしい、これにはそれだけの理由があるのだ。信じてもらってもいいが、ぼくには何についても理由があるのだ。

ああ、もしこの将校が決闘の申込みを受けて立つような男だったら！　しかし、残念、これはほかでもない（ああ、いまでこそとうに消えてしまったが！）、キューのさばきにものを言わせてみたり、でなければ、ゴーゴリのピロゴフ中尉《ちゅうい》のように、上司に陳情したりするほうを好む、そういう手合いにちがいなかった。決闘などに応ずる気づかいはさらになく、ぼくらのような文官相手の決闘など、まずもって品位にかかわると考えている。いや、だいたいが決闘など、フランスかぶれの、自由思想じみた、問題にもならないものとみなしていて、そのくせ人を侮辱することは平気でやる、とくに二メートルもの大男ならなおさら、といった手合いだったのだ。

ぼくがそのとき弱気を出したのも、臆病心からではなくて、際限もない虚栄心からだった。二メートルの背丈におびえたのでも、したたかぶんなぐられて、窓からほうり出されるのがこわかったのでもない。肉体的な勇気なら、たしかにあったのだが、精神的な勇気が不足だったのである。ぼくが恐れたのは、その場に居合せた連中が、生意気なゲーム取りをはじめとして、垢《あか》じみたカラーをつけてそんなところにとぐろを巻いている、胸の悪くなるようなにきび面《づら》の下っ端《ぱ》役人にいたるまで、たとえぼくが文句をつけ、彼らと文学的な言葉で話しはじめたとしても、何も理解してくれず、人を笑いものにするだけだろう、ということだった。というのも、わが国では、名誉にかかわること、つまり名誉そのものではなく、名誉にかかわること（point d'honneur）については、今日にいたるまで、文学的用語以外では話すことができないからなのである。通常の言葉では《名誉にかかわること》については、話すこともできない。ぼくには確実にわかっていたが（いくらロマンチシズムにかぶれていても、現実感覚だってぼくにはある！）、彼らは全員が腹をかかえて笑いだし、将校は将校で、ただたんに、つまり、たいした悪気もなくなぐりつけるだけではおさまらずに、まちがいなく膝小僧でぼくをこづきまわし、そんな調子で撞球台をぐるりと一まわりしたあげく、やっとせめてものお情けにぼくを窓からほうり出すにちがいなかったのだ。ところで、このみじめな一件は、むろん、それだけで片がつくというわけにはいかなかった。ぼくはその後もしばしば、往来でこの将校に出っくわし、すぐに彼だと気づいたものである。ただ、彼がぼくに気づいたかどうかはわからない。きっと気がつきはしなかったろう。こう結論するのには、二、三の根拠もある。しかし、ぼくのほう、ぼくのほうは、怒りと憎しみをこめてやつをにらみつけてやった。そしてこんなことが……なんと数年もつづいたのである！　ぼくの怒りは年が経《た》つとともにかえって深く根を張り、大きく育っていった。まずぼくは、こっそりと、この将校の内偵《ないてい》にかかった。だれも知合いというものがないので、これはひどく骨の折れる仕事だった。しかし、あるとき、まるで吸いつけられるように、遠くから彼をつけて行ったとき、たまたま路上で彼の名前を呼んだものがあったので、とうとうぼくは彼の名を知ることができた。つぎの折には、彼の住居まであとをつけて行って、門番に十カペーカ玉をにぎらせ、彼が何階のどこに住んでいるか、ひとり住いか、同居人がいるかなど、つまり、一口にいえば、門番から聞きだせるかぎりのことを聞きだした。するとある朝、それまで文学になど一度も手を染めたことのないぼくに、ふとこの将校を暴露ふうに、つまり戯画的に小説にしてやろうという着想が浮んだ。ぼくはわくわくしながらこの小説を書きあげた。暴露どころか、中傷までやってのけた。彼の姓も、最初はすぐにそれと知れるような変名にしてみたが、その後、とくと考えた末、すっかり変えてしまって、『祖国雑記』へ投稿した。ところが、当時はまだ暴露文学など流行《はや》っていなかったので、ぼくの小説も没になってしまった。ぼくはこれがいまいましくてならなかった。ときには無念さに息もつまりそうだった。そしてついに、ぼくは相手に決闘を申しこむことを決意した。ぼくは彼にあてて、うっとりするような美文調の手紙を書いて、ぼくに対して謝罪するよう懇願し、これが拒絶されたら決闘だということを、かなりきっぱりとほのめかしてやった。手紙の出来ばえは実にすばらしいかぎりで、もし将校がほんのわずかでも《美にして崇高なるもの》を解する男であったら、まちがいなく、ぼくのもとへ駆けつけてきて、ぼくの首っ玉にかじりつき、和解と友情を求めるにちがいないと思われた。もしそうなったら、なんとすばらしいことだったろう！　ぼくらは夢のような生活をはじめられただろう！　夢のような！〈あの男は押出しの立派さでぼくをかばってくれるだろうし、ぼくは自分の知性と、それから……思想によって彼の品性を高めてやる。そうなれば、まだいろいろなことができるはずだ！〉考えてもみてほしい。そのときは、ぼくが彼から侮辱を受けて以来、もう二年も経っていたのだ、当然、ぼくの果し状は、なるほど技巧をこらしてアナクロニズムを説明し、やわらげる書き方はしてみたものの、まぎれもなく不体裁きわまるアナクロニズムにほかならなかった。しかし、ありがたいことに（ぼくはいまでも涙ながらに神に感謝している）、ぼくはこの手紙を投函《とうかん》せずにしまった。もし投函してしまったら、どんなことになっただろう。思いだすだけで、ぼくは鳥肌《とりはだ》立つ思いだ。ところが突然……ほんとうに突然、ぼくはもっとも単純な、もっとも天才的なやり方で彼に怨《うら》みを晴らすことができた！　ぼくは思いがけずすばらしい考えに打たれたのだ。休日の日になど、ぼくは三時すぎごろにネフスキー通りに出かけて、陽《ひ》だまりの側をぶらつくことがあった。いや、けっしてただぶらついていたのではなく、無数の苦悩や、屈辱や、憤懣《ふんまん》を嚙《か》みしめていたのだが、それがぼくにはまた、どうしても必要だったらしいのだ。ぼくは、まことにもって不格好な、どじょうのような足どりで、通行人の間を泳ぎまわり、将軍連や、近衛《このえ》騎兵、軽騎兵の将校たちや、ご婦人方に、ひっきりなしに道を譲っていた。そんなときぼくは、自分の服のみすぼらしさを考えるだけで、自分の歩きつきのみっともない下品さを思い浮べるだけで、心臓がひきつけるように痛み、背中がかっと熱くなるのを感じたものだ。これはおそろしい苦痛、たえられない屈辱感の連続であり、それも、ほとんど切れ目のないじかの皮膚感覚にまで移行しかねない、次のような意識から生ずるのだった、――こうした上流人士の前へ出たら、ぼくは蠅のような存在にすぎないのだ、なんの用もなさない、きたならしい蠅にすぎないのだ、なるほどぼくは、だれよりも聡明で、だれよりも知的で、だれよりも高尚《こうしょう》だ、それは当りまえのことだが、そのくせぼくは、のべつみんなに道を譲り、みんなから辱《はずか》しめられ、いやしめられている一匹の蠅にすぎないのだ。

では、どうしてぼくはこんな苦痛を自分に招き寄せたのか、なんのためにネフスキー通りへ出かけて行ったのか、それは知らない。ただぼくは、機会さえあれば、いつもそこに惹きよせられたのだった。

そのころからもう、ぼくは第一章で話した例の快感のおとずれを経験しはじめていた。この将校との一件があってからは、以前にもまして強くそこへ惹きつけられるようになった。というのも、彼と出合うのはネフスキー通りがいちばん多いので、そこで彼を眺《なが》めまわすめぐりあわせにもなったのだった。彼もそこへ出かけるのは、休日の日が多かった。彼もやはり将軍や高官に出合うと、同じように道を譲り、どじょうのように身をくねっていたが、ぼくらの仲間に出合えば、いや、ぼくらよりいくぶんこざっぱりした連中に出合っても、まるで踏みつぶさんばかりの剣幕だった。前が何もない空間ででもあるかのように、ずかずかとまともに歩み寄ってきて、意地でも道を譲ろうとはしないのである。ぼくはそういう彼を眺めては、怒りに酔いしれたようになり……そのくせ、いつもきまって、無念さを噛みしめながら、彼の前で身をかわすのだった。街頭でさえどうしても彼と対等になれないのが、ぼくには癪《しゃく》でならなかった。〈どうしておまえはいつも自分から道を避《よ》けてしまうんだ?〉ぼくは、夜中の二時すぎに目をさました折など、よくヒステリーじみた発作にかられて、自分で自分にからんでいくことがあった。〈どうしておまえのほうがよけて、彼のほうはそうしないのだ？　何もこんなことに規則があるわけもなし、法律できまっているわけでもないだろう？　ひとつ対等に、つまり礼儀正しい人間同士が出合ったときのように、ふつうにやればいいじゃないか。向うが半分譲ったら、こっちも半分譲って、おたがい敬意を払いあってすれちがえばいいじゃないか〉しかし、そうはならなかった。道をよけるのはあいかわらずぼくで、彼のほうは、ぼくが道を譲っていることにも気づかぬふうだった。ところがそこへ、驚嘆に値する考えがふいにぼくの頭に浮んだのである。〈どうだろう〉とぼくは考えた、〈もし彼と出合ったとき、わきへ寄らずにいてやったら、どうだろう？　彼にぶつかるような羽目になっても、わざと寄らずにいてやるのだ、こいつはどんなものだろうか？〉この不遜《ふそん》な考えは、しだいにぼくの心を強くとらえて、ついにはいても立ってもいられなくなった。ぼくはこのことをたえまもなく考えつづけ、わざとしょっちゅうネフスキー通りへ行ってみた。いよいよというときに、ぼくがどんなふうにそれをやってのけるか、そのことをもっとはっきりと思い描いてみるためだった。ぼくは有頂天になった。時が経てば経つほど、このもくろみは現実的で、実行可能なように思えてきた。〈もちろん、正面からぶつかるわけじゃない〉ことの前からもう嬉《うれ》しさににこにこしながら、ぼくは考えた。〈ただ身をかわさないで、ちょっとぶつかってやるだけだ。それもあまり痛くはないように、礼儀にはずれぬ程度に、肩と肩をかるく触れあわすのだ。つまり、向うがこっちを押してくるのと同じ強さで、こっちも押し返してやるのだ〉。とうとうぼくは、すっかり決心をつけた。しかし、その準備にはだいぶ時間がかかった。第一は、いよいよ実行のさい、よほどきちんとした身なりをしていなければならないことで、そうなると服の心配からしてかからねばならなかった。〈万が一、たとえば、公沙汰《おおやけざた》になるようなときにそなえて（なにしろ、あそこの公衆ときたら超一流、伯爵《はくしゃく》夫人もいれば、D公爵もいる、文筆陣が全員勢ぞろいというところだからな）、立派な服装をしておかなくちゃならない。そうすれば威厳がつくし、上流社会の連中にぼくら二人を対等の人間と見てもらう早道だ〉。この目的から、ぼくは俸給《ほうきゅう》を前借りして、チュルキンの店で黒手袋と上物の帽子を買った。黒手袋のほうが、はじめにねらいをつけたレモン色のより、貫禄《かんろく》もあるし、趣味がいいように思えたのである。〈あまり色が派手だと、いかにもこれ見よがしになっていけない〉。そこでレモン色のほうはやめにした。白い骨材のカフスボタンのついた上等のワイシャツは、もう前から用意しておいた。ただ、なんとも引っかかったのは外套《がいとう》だった。ぼくの外套は、品物そのものはなかなかの代物《しろもの》で、あたたかくできていたが、困ったことに、綿入れで、おまけに襟《えり》があらいぐまの毛皮ときていた。これでは悪趣味もいいところだ。なんとしても襟をつけかえて、将校がしているような海狸《ビーバー》にしなければならなかった。そこでぼくはマーケット通いをはじめ、何度か失敗を重ねた末に、ドイツものの安い海狸に目をつけた。このドイツものの海狸は、すり切れるのが実に早くて、じきに見られないざまになる代物だが、最初、おろしたては、なかなか見栄《みば》えがするのである。それにぼくの場合は、たった一度の役に立てばそれで充分だったのだ。ぼくは値段をたずねた。それでもけっこう高かった。そこで、じっくりと考えて、ぼくは自分のあらいぐまの襟を売ることにした。そして不足分の、それでもぼくにとってはなかなかの大金は、係長のアントン・アントーヌイチ・セートチキンから借りることにした。彼は、人柄《ひとがら》は温厚だったけれど、きまじめな実際家で、だれにも金は貸さない主義だったが、ぼくは以前、役所に入るとき、世話をしてくれたさる有力者から、特別に彼に紹介されていたのである。ぼくはひどく悩んだ。アントン・アントーヌイチに金を無心したりするのは、とんでもない、恥ずかしいことのように思えた。ぼくは二晩か三晩、夜も眠られぬほどだった。だいたいがあのときは、まるで熱病にとりつかれでもしたように、ほとんど睡眠をとらなかったものだ。心臓がどうかした拍子にすっと止ったようになるかと思うと、こんどは急にどきん、どきん、どきんと大きく打ちだすのだ!……アントン・アントーヌイチは最初呆気《あっけ》にとられたふうだったが、それから顔をしかめ、つぎにはすっかり考えこんで、それでも金は貸してくれた。代りに、二週間経ったら、貸しただけの金を俸給から天引きにする権利があるという旨《むね》の一札をぼくからせしめたわけである。こういうしだいで、やっとすべての準備が整った。みすぼらしいあらいぐまの場所に、美しい海狸が光彩を放ち、ぼくはそろそろ実行に取りかかった。なんといっても、やたら向う見ずに出たとこ勝負でいくわけにはいかない。この仕事は手ぎわよく、つまりおもむろに仕上げていくことが必要だった。しかし、白状すると、何度となく小手試《こてだめ》しを重ねたあげく、ぼくはほとんど絶望にくれそうになった。どうやってみても、うまく肩がぶつからない、何度やってもそうなのだ！　ぼくが心がまえをしていない、その気がないというのならともかく、いまにもぶつかりそうな気がして、いざ見ると、またしてもぼくが道を譲っており、相手は、ぼくになど気もとめず、さっさと通りすぎてしまっているのだ。ぼくは彼のそばへ近寄りながら、どうぞ神さま、ぼくに勇気をお与えくださいと、お祈りまでとなえたほどだった。一度は、すんでのことで決行しかけたが、結局、相手に足を踏まれただけに終った。というのも、いよいよという土壇場《どたんば》になって、あと数センチというところで、意気がくじけてしまったのだ。彼は落ちつきはらってぼくを踏みこえて行き、ぼくは、それこそまりのように、横っちょにすっとんだ。その夜、ぼくはふたたび熱病やみのようになり、しきりとうわごとを言った。ところがある日突然、すべては、これ以上望めぬほどにうまく落着した。その前の晩、ぼくは柄にもないこのもくろみを断念して、いっさいを無駄骨《むだぼね》に終らせようと最後の決心を固めて、これが見おさめとばかりネフスキー通りに出てみた。いっさいを無駄骨に終らせるという感じを、ちょっとこの目でたしかめたかったのである。ところが突然、例のぼくの仇敵《きゅうてき》からわずか三歩というところで、思いがけなく、ぼくは決心がついたのだ。目をつぶったとたん、二人の肩と肩はぴたりとぶつかっていた！　ぼくは一センチだって道を譲ろうとはせず、完全に対等の立場ですれちがった！　彼は振り返ろうともせず、何にも気がつかないようなふりをした。しかし、それはふりをしただけだった。ぼくはそのことを確信している。いや、ぼくはいまでもそのことを確信している！　もちろん、よけい痛い目を見たのはぼくのほうだった。彼のほうが力が強いのだから。しかし、そんなことは問題じゃなかった。問題は、ぼくが目的を達したこと、品位を落さず、彼に一歩も道を譲ろうとせず、公衆の面前で社会的に彼と同等の人間だということを見せつけてやった点だった。ぼくはもうなんの思いのこすところもなく家に帰った。ぼくは有頂天だった。勝ちほこった気持で、イタリア・オペラのアリアなど口ずさんだものだ。むろん、ぼくは、その三日後、ぼくの身に何が起ったかを書きたてるつもりはない。ぼくの手記の第一部《地下室》を読んでくだされば、ご自分で推測がつくだろう。その将校は、やがてどこかへ転勤になった。これでもう十四年間も彼と会っていない。愛すべき将校くん、いまはどうしていることか？　だれを踏みつけていることやら？

2

しかし、ぼくの女遊び時代はやがて終りを告げ、こんどは嘔吐《おうと》を催しそうなはげしい嫌悪《けんお》感が襲ってきた。悔恨の気持も動いたが、ぼくはそれを追いはらった。それほどに嘔吐感が強かったのだ。けれど、しだいにぼくはこれにも慣れていった。ぼくは何にでも慣れた。いや、慣れるというより、何かこう自分からすすんで我慢する気になってしまうのだった。といっても、ぼくにはすべてをなごめてくれる逃げ道があった。つまり、《美にして崇高なるもの》のなかへ逃げこんでしまうのだ。もちろん、空想のなかでの話だが。ぼくはめちゃくちゃに空想した。自分の片隅《かたすみ》に閉じこもって、三カ月もぶっつづけに空想にふけった。すると、これだけは本気にしてもらいたいのだが、そういうときのぼくは、雌鶏《めんどり》のような小心さからあわてふためいて、自分の外套の襟にドイツものの海狸《ビーバー》を縫いつけたあの紳士とは、似てもつかないものになってしまうのだった。ぼくはにわかに英雄になる。例の二メートル近くの中尉など、訪ねてきたって敷居もまたがせてやるものか、という気になる。いや、彼のことなんか、思い浮べることすらできなかった。ぼくの空想がどんなもので、どうしてそれに満足していられたのか、それはいまちょっと口にしにくいが、当時のぼくはそれに満足していたのだ。もっとも、いまだってぼくは、いくぶんかそれに満足している。みみっちい女遊びのあとでは、この空想はとりわけ甘美で、はげしいものだった。悔恨や涙とともに、呪詛《じゅそ》や歓喜とともに訪れてきたものだ。ときには、まぎれもない陶酔と幸福の瞬間が訪れてきて、ぼくの内心に冷笑癖のあとかたも感じられないようなときもあった。いや、ほんとうのことだ。信仰が、希望が、愛があったものである。何をかくそう、ぼくは当時、何かの奇蹟《きせき》で、何かの外部的な事情で、このいっさいがたちまちにひらけ、拡《ひろ》がっていくのだということを、まったく盲目的に信じきっていた。自分自身の活動、それも有益で、立派で、そのうえ、これが大事な点なのだが、すっかり準備のととのった活動の見とおしがふいに開けてきて（それがどういう活動なのかはとうとうわからずじまいだったが、何より、すっかり準備のととのっている点が重要だったのだ）、ぼくは白馬にうちまたがり、頭に月桂冠《げっけいかん》をいただかんばかりにして、ふいにこの広い世界へ打って出るのだ。ぼくには脇役《わきやく》などという考えは思いもつかなかったから、それで現実には平然として端役《はやく》のはしくれに甘んじていられたのである。英雄か、しからずんばどぶ泥《どろ》か、ぼくには中間はなかった。実をいえば、これがぼくの身を誤らせもしたのだった。というのは、どぶ泥の境涯《きょうがい》にいれば、いつかは英雄になってやる、英雄にさえなれば、どぶ泥など気にせずともよい、などと自分で自分をなぐさめていたからである。凡人ならば泥にまみれることを恥じもしようが、英雄は、頭から泥につかってしまうにはあまりにも高い存在だ、だから、すこしぐらい泥にまみれたってかまわない、というわけだった。特記しておくべきなのは、ひたひたと寄せてくるような《すべての美にして崇高なるもの》のこの高潮が、女遊びの最中にもぼくを訪れることだった。しかもそれは、ぼくがもう最低のどん底に身を沈めているようなときに、ぱっぱっと火花のように輝いては、いわば自分の存在を告知するというふうにやってくるのだが、そのくせ、それが出現したからといって、女遊びを形なしにしてしまうのでもなかった。それどころか、いわばコントラストの妙で、逆に女遊びに色どりを添え、美味なソースの役割を果せる程度にだけ訪れてくれるのだった。このソースは、矛盾とか、苦悩とか、苦渋をともなう自己分析とかから成っていて、この大小さまざまな苦痛が、ぼくの女遊びにある種の香辛料として働き、それに意味をさえ見出《みいだ》させるのだった。一口にいえば、うまいソースの役目を立派に果してくれたのである。いや、これには、ある種の深刻な味わいさえあった。いや、そもそもぼくが、平凡で、月並で、本能的な、小役人ふうの女遊びに甘んじて、こんなどぶ泥を黙って堪《た》えていられただろうか！　では、いったいその味わいのどこがぼくを魅了して、毎夜のようにぼくを街頭へ誘いだしたりできたのだろう？　なになに、ぼくには万事につけて、いともお上品な抜け道が用意されていたのだ……

だが、それにしても、ぼくはこうした空想のなかで、《美にして崇高なるもの》へのこの逃避のなかで、どれほどの、ああ、どれほど多くの愛情を経験したことだろう。なるほど、それは空想の愛であり、現実にはどんな人間的なものにもけっして適用されることのない愛ではあったけれど、その愛があまりにもゆたかであったために、やがては、実際問題として、それを現実に適用したいという欲求も起らなくなったほどである。それはもう余分な贅沢《ぜいたく》というものだった。もっとも、すべてはいつも、怠惰な酔い心地のまにまに、しごく平穏無事に芸術へと移り変って幕となるのがきまりだった。芸術とはつまり、詩人や小説家たちから勝手に剽窃《ひょうせつ》してきて、どんな注文にも要求にも応じられるようにした、まったく出来合いの美的な生活形態のことである。たとえば、ぼくは万人に勝利した、というような気持がそれである。むろん、人々は完全に征服されて、すすんでぼくの美徳を承認せざるをえなくされており、ぼくはぼくで、彼ら全員を赦《ゆる》してやるわけだ。また、有名な詩人にして侍従武官といった役どころに自分をおいて、われながらほれぼれとすることもある。巨万の富を手に入れたかと思うと、その金を即座に人類のために醵出《きょしゅつ》して、しかもその場で、全民衆を前に自分の恥辱を懺悔《ざんげ》することもある。もっとも、この恥辱は、むろん、そこらにざらにある恥辱ではなくて、《美にして崇高なるもの》を過分に含んだような恥辱、つまり一種マンフレッド（訳注　バイロンの長詩『マンフレッド』の主人公で孤高と冒険に生きる）式のやつなのだ。だれもが感涙にむせんで、ぼくに接吻《せっぷん》する（でなければ、やつらはよほどのでくの坊野郎だ）、だがぼくは、靴《くつ》も履かず、食物もろくにとらず、新しい思想を伝道に赴き、石頭どもをアウステルリッツ（訳注　一八〇五年、ナポレオンが露墺軍を破った地）で撃砕する。やがてマーチが奏され、大赦が布告されて、法王はローマからブラジルへの遷都を承知される。つづいて、コモ湖畔はボルゲゼ（訳注　ローマにある離宮）の離宮で、全イタリアのための舞踏会が催される。というのも、この行事のためにわざわざコモ湖をローマへ移しておくからだ。で、さて、つぎは野外の林間の一幕といった具合に、ご存じの場面の数々がつづく。たったいま、ぼく自身が告白したあれほどの陶酔や涙のあとで、いまさらこんな空想の大安売りをするのは、俗悪であさましいかぎりだ、と諸君は言われるかもしれない。だが、どこがいったいあさましいのだろう？　いったい諸君は、ぼくがこうしたいっさいを恥じているとでも思っておいでなのか？　そしてこれが、たとえば、諸君の生活の何とくらべても馬鹿《ばか》馬鹿しいかぎりだと思っておいでなのか？　それに、けっして嘘《うそ》ではないつもりだが、ぼくの空想だって、なかなか捨てたものではなかったはずなのだ……何から何までコモ湖畔の出来事というわけでもない。いや、やはり諸君のいうとおりで、ほんとうは俗悪で、あさましいのかもしれない。そして、何よりあさましいのは、いまぼくが諸君に向って弁解などはじめたことだ。いや、それよりあさましいのは、ぼくがいま、こんな但《ただ》し書《が》きをいれたことだ。だが、もういい、いや、それより、こんなふうではいつまでもきりがない。次から次へと、ますますあさましくなる一方なのだから……

さすがに三カ月以上は、ぼくもぶっつづけの空想にふけることができなかった。そしてそろそろ、社会のただなかにとびこんで行きたいという、抑えがたい欲求を感じはじめた。社会へとびこむとは、ぼくの場合、係長のアントン・アントーヌイチ・セートチキンのところへ客に行くことを意味していた。彼は、ぼくの生涯を通じて変ることのなかったただ一人の知人で、これにはぼく自身、いまもって驚いているような次第だ。もっとも、彼を訪ねるといっても、それはある時期がおとずれ、ぼくの空想が幸福の絶頂をきわめて、是が非でも即刻、人々と、いや全人類と抱き合う必要が生ずるときにかぎられていた。ところで、そうするためには、せめて一人だけでも、現実に生きている実在の人間を持っている必要があった。といっても、アントン・アントーヌイチを訪ねられるのは、彼の面会日である火曜日にかぎられていたから、当然の帰結として、全人類と抱き合いたいという願望も、いつも火曜日に期日を合わせないとならなかった。このアントン・アントーヌイチは、ピャチ・ウグロフ近くの建物の四階に住んでいた。間数は四つだったが、どれもおそろしく手狭な、天井の低い部屋で、質素一点張りの黄色っぽい感じを帯びていた。家族は、娘が二人と、お茶の注《つ》ぎ役を務めるその伯母とだった。娘は一人が十三、もう一人が十四で、どちらも獅子《しし》鼻《ばな》だった。ぼくは、この二人がいつもひそひそ話をしては、含み笑いをするので、二人の前ではひどく間の悪い思いをさせられどおしだった。主人はたいてい書斎にいて、テーブルを前に、革張りのソファに腰かけ、うちの役所か、ときによるとよその役所の官吏らしい、白髪頭《しらがあたま》の客といっしょだった。せいぜい二、三人の客、それもいつもきまった顔ぶれのほかには、ぼくはそこでだれとも出合ったためしがない。彼らの話題といえば、間接税、元老院の入札、俸給、昇進、閣下の近況、上役に気に入られる法、といったところだった。ぼくは、こういう連中のかたわらにたっぷり四時間も馬鹿面《づら》をしてかしこまり、自分では話の仲間に入る勇気も、才覚もないまま、黙ってその話を聞いているだけの忍耐心を持ち合せていた。そうこうするうちにぼうっとなってきて、何度か冷汗をかきそうになったり、卒中の発作に見舞われそうな気がしたりするのだが、それがまたけっこう有益なのだった。こうして家に戻ると、ぼくは全人類と抱き合いたいという願望をしばらくの間、日延べするしきたりになっていた。

もっとも、そのほかにも一人、学校時代の同窓で、シーモノフという、まあまあ知人らしい男がいた。学校時代の友だちなら、ペテルブルグにはたくさんいたはずだが、ぼくはその連中とはつき合っていなかったし、道で会っても、あいさつひとつしなくなっていた。ぼくが役所の勤めまで変えてしまった裏にも、あるいは、彼らといっしょにいたくない、憎たらしい少年時代とはひと思いに縁を切ってしまいたい、という気持が働いていたのかもしれない。あんな学校、あんな徒刑囚のような時代は呪《のろ》われるがいいのだ！　一言でいえば、ぼくは自由の身になるが早いか、学校友だちとはさっそく絶交してしまったのである。それでも道で行き合えばあいさつを交わす友だちが、かれこれ二、三人は残った。そのなかにシーモノフも入っていたわけである。学校時代の彼は、これといって目立ったところもない、おっとりした、もの静かな男だったが、ぼくは彼にはある種の自主的な性格と、廉恥心《れんちしん》さえ認めていた。それほど愚鈍な男でもないな、とさえ思っていたほどだ。二人の間には、かつてはかなり曇りない交友の時期もあった。だが、それも長くはつづかず、なにかこう、ふいに霧に覆《おお》われてしまったような具合だった。どうやら彼は、この思い出がひどく気にかかるらしく、ぼくがまた以前の調子に戻りはしないかと、いつも心配しているふうだった。ぼくはぼくで、彼に毛嫌《けぎら》いされているのではないかと疑心暗鬼ながら、たしかにそうと確信ももてないまま、あいかわらず彼のもとを訪ねていた。

こうして、ある木曜日、孤独に耐えきれなくなったぼくは、木曜日ではアントン・アントーヌイチの客間も閉ざされていることだしと、ふとシーモノフのことを思い出したわけだった。四階の彼の住居まで階段をのぼりながら、ちょうどぼくは、この男がぼくをうるさがっているのを思い出し、何も訪ねてくることはなかったのに、と考えていた。しかし、こういう理屈をこねだすと、もうきまって、なんとも黒白《こくびゃく》のつかぬ立場に追いこまれ、かえって抜き差しならなくなるのが落ちなので、ぼくは思いきって入って行った。この前シーモノフと会ってから、もう一年近くが経《た》っていた。

3

彼のところには、ほかにも二人、学校時代の友だちが来ていた。どうやら、重大な相談事の最中らしかった。ぼくが入って行っても、だれひとり気にとめるふうもなかったが、数年ぶりに顔を合わせたにしては、これはなんともげせない話だった。明らかにぼくのことを、珍しくもない蠅《はえ》のような存在とみなしているのだ。学校時代、ぼくがみなから毛嫌いされていたのは事実だが、そのころでさえ、これほどまで理不尽な扱いを受けたことはなかった。なるほど、彼らがぼくを軽蔑《けいべつ》するのは当然のことだったかもしれない。役所づとめのほうがさっぱりうだつが上らないうえに、こうまで落ちぶれて、ひどい身なりをしているのだから。これでは、彼らの目からすれば、ぼくの無能ぶりと地位の低さを看板にかけて歩いているようなものだった。しかし、それにしてもぼくは、これほどまでの軽蔑は予期していなかった。シーモノフは、ぼくの訪問に露骨に心外だという様子さえ見せた。もっとも、彼は以前から、ぼくが訪ねると心外らしい様子をして見せたものだ。それやこれやで、ぼくはすっかり面くらってしまい、なんとも浮かぬ気持で腰をおろすと、彼らの相談事に耳を傾けはじめた。

相談事というのは、将校として遠方の県へ赴任していく友人のズヴェルコフのために、この連中が合同で明日にも送別会を開こうという話で、まじめな、むしろ熱のこもった話しぶりだった。ムッシュ・ズヴェルコフは、ぼくにとっても、学校時代ずっといっしょの友人だった。ぼくが彼のことをとくに憎みはじめたのは、上級生になってからである。下級生のときには、彼は可愛《かわい》らしい活発な少年ということで、みなから好かれていた。もっともぼくは、もう下級生のころから彼を憎たらしく思っていた。それも、彼が可愛らしい活発な少年であった、そのためなのである。学校の成績はいつもきまって悪いほうで、上級になればなるほど、いけなかった。そのくせ、有力な後楯《うしろだて》がついていたものだから、うまいこと卒業することができた。学校を卒業するその年に、二百人の農奴《のうど》つきの領地が、遺産として彼の手に入った。ところが学校のほかの連中は、ほとんどが貧乏人ぞろいだったから、彼はぼくらに対してまで、むやみと大きな口を叩《たた》くようになった。彼は正真正銘の俗物にはちがいなかったが、そのくせ悪気はない男なので、大口叩いても憎めないところがあった。しかもぼくらの学校では、なるほど口先でこそ、名誉だとか廉恥心だとかについて空想的な論議が盛んだったが、ごく少数の例外を除いては、みながみな、そういうズヴェルコフにちやほやするほどだったから、彼もますます思いあがるようになった。もっとも、みなが彼をちやほやしたのは、何かためにしてやろうという下心があってではなく、たんに彼が幸運の星に恵まれていたからにすぎなかった。おまけにズヴェルコフは、社交術や洗練されたマナーにかけては、ぼくらの間で一種の専門家扱いを受けていた。だが、とくにぼくの癇《かん》にさわったのもこのことだったのである。ぼくは、自信たっぷりな彼のきんきん声と、自分で自分の洒落《しゃれ》に得々としている様子とが、憎くてならなかった。しかもその洒落たるや、なかなかの毒舌家であるくせに、なんともさまになっていないのである。ぼくは、ハンサムだけれど間の抜けた彼の顔や（もっとも、その顔とだったら、ぼくはいつでも自分の利発そうな顔を取りかえてやるつもりだったが）、四〇年代の流行だったいかにもなれなれしい将校然とした物腰を憎んだ。ぼくはまた、彼が自分の未来の女性征服の成功ぶりを話したり（彼は、将校の肩章をつけぬうちは、女に手を出す決心をつけかねていて、じりじりしながらその日を待ちわびていた）、しょっちゅう決闘に呼び出されるかもしれないと得意げに話すのを憎んだ。おぼえているが、いつもは無口なぼくが、だしぬけにズヴェルコフに突っかかっていったことがある。ある日、休み時間に、友だち同士で将来の女性遍歴の話がはずんでいたときだ。調子に乗った彼が、とうとう日向《ひなた》ぼっこの仔犬《こいぬ》のようにはしゃぎだして自分の持ち村の娘は、一人だって手つかずにはおかないとか、これは droit de seigneur（初夜権）

の行使だとか、抗議するような農民は片端から鞭《むち》で叩きのめして、顎鬚《あごひげ》の悪党どもには全員、年貢《ねんぐ》を倍にしてやるとか、ふいに宣言したからである。仲間の馬鹿どもはやんやとはやしたてたが、ぼくは突っかかっていった。それも、娘やその父親たちがかわいそうだったからではけっしてない。こんな俗物がこれほどの喝采《かっさい》を博するのが腹に据《す》えかねたのである。そのときはぼくの勝利に終ったが、ズヴェルコフは頭はからっきしなくせに、快活で図太い性格なので、それを笑いにまぎらしてしまい、実をいうと、せっかくのぼくの勝利を後味のわるいものにしてしまった。つまり、最後に笑ったのは、彼のほうだったのである。彼はその後も何度か、ぼくをぎゃふんという目に遭わせたが、それは悪気があってではなく、いわば冗談半分のことだった。ぼくは憎悪《ぞうお》と軽蔑の気持からことさら彼に仕返しをしようとはしなかった。卒業後、彼のほうから和解を求めるそぶりを見せようとしたことがある。ぼくはこだわらないところを見せた。なんといっても、悪い気はしなかったのである。だが、当然のことながら、じきにぼくらは疎遠《そえん》になった。その後、彼が青年将校として羽ぶりを利《き》かせていることや、彼の遊蕩ぶりなどが耳に入った。やがて、彼が出世街道を歩んでいるといった、別の噂《うわさ》も耳にした。道で会っても、彼はもうぼくとはあいさつも交わさなくなった。ぼくはぼくで、あいつめ、ぼくのようないやしい身分の人間とあいさつを交わしたりして、品位を落すことを心配しているのだな、と疑っていた。一度、劇場の三階席で顔を合わせたこともあったが、そのときにはもう参謀肩章をつけていた。彼はさる老将軍の令嬢たちにさかんにご機嫌《きげん》を取結んでいる最中だった。三年ほど見ない間に、なるほど昔ながらのかなりの好男子で、身のこなしも板についてはいたが、何かがっくりと風采が落ちてしまった感じでむくんだようにぶくぶくしていた。三十近くなったらすっかり皮膚がたるんでしまうのが、目に見えていた。ところで、ほかでもない、このズヴェルコフの壮行を祝して、友人たちは宴会を開こうとしていたのである。彼らはこの三年の間、ずっと彼との交際をたやさなかった。もっとも、内心、彼らが自分たちを彼と対等の人間と思っていなかったことは、まずまちがいのないところだと思う。

シーモノフの二人の客のうち、一人はフェルフィチキンといって、ロシアに帰化したドイツ人だった。背が低く、猿《さる》のような顔をしているくせに、相手かまわず冷笑を浴びせかけて得意になっている馬鹿者で、もう低学年時代から、ぼくの不倶戴天《ふぐたいてん》の仇《きゅう》敵《てき》だった。卑劣で、厚かましく、大ぼら吹きで、妙に野心家ぶっていたが、内心は、いうまでもなく、口ほどにもない臆病者《おくびょうもの》だった。彼は、いろんな打算からズヴェルコフのご機嫌を取結んでは、しょっちゅう彼から金を借りている手合いの一人だった。

シーモノフのもう一人の客はトルドリューボフといって、あまりぱっとしない人物だった。背の高い、冷やかな顔立ちをした軍人で、なかなか正直者だったが、世間的な成功だけをありがたがっているところがあって、話題といえば、昇進のことよりほかになかった。ズヴェルコフとは、なんでも遠い親類筋にあたっているとかで、馬鹿げた話だが、それがぼくらの間で、いわば彼の取柄《とりえ》になっていた。ぼくのことなどはまるで眼中にないらしく、応対ぶりもあまり丁寧とはいえなかったが、それでも、まあまあ我慢できる程度だった。

「どうだい。七ルーブリずつにしては」とトルドリューボフが口を切った。「ぼくらは三人だから、しめて二十一ルーブリ。かなりの食事ができるぜ。ズヴェルコフには、もちろん、出させないで」

「当りまえさ、こっちが招待するんだもの」とシーモノフが決めた。

「おいおい、きみたちは」まるで主人の将軍の勲章を自慢する鉄面皮な下男よろしく、フェルフィチキンが横柄《おうへい》に、ちょっとむきになって口を入れた。「いったいきみたちは、ズヴェルコフがぼくらだけに払わせて黙っているとでも思うのかい？　そりゃ、一応は受けるとしてもさ、あいつだって、半ダースくらいの寄付はやるぜ」

「四人に半ダースだなんて」半ダースということだけにこだわって、トルドリューボフが言った。

「じゃ、こっちが三人、ズヴェルコフを入れて四人、二十一ルーブリで、場所はオテル・ド・パリ、あすの五時ということに」世話役に選ばれたシーモノフが、こうしめくくった。

「どうして二十一ルーブリなんです？」ぼくはいくらか興奮して、いや、どうやらむっとなって、口を入れた。「ぼくを入れれば、二十一ルーブリじゃなくて、二十八ルーブリになるじゃないですか」

ぼくは、こんなふうにだしぬけに申込むのがなかなかスマートなやり方で、こうすれば彼らも二の句がつげなくなり、ぼくに敬意を払うだろう、と思ったのだ。

「おや、きみも希望ですか？」わざとぼくのほうを見ないようにしながら、シーモノフが不興げに言った。彼はぼくという男を知りぬいていたのだ。

ぼくは、彼がぼくを知りぬいていることが、ふいに癇にさわった。

「どうしてです？　ぼくだって友だちのはずだし、それを除け者《のけもの》にされたんじゃ、実をいって、おもしろくないな」ぼくはまたかっかしはじめた。

「だって、きみの居場所からしてわからなかったんですからね？」フェルフィチキンが乱暴に口を入れた。

「きみはズヴェルコフとは、いつもよくなかったじゃないですか」顔をしかめて、トルドリューボフが口をそえた。しかしぼくとしても、もう引っこみはつかなかった。

「それは、人からとやかく言われる筋合いじゃないでしょう」ぼくは、まるで大事件だとでもいうように、声をふるわせて言い返した。「以前、よくなかったからこそ、いまその気になったのかもしれないし」

「まあ、通じるかどうかだけど……きみのその高潔な心情がさ……」トルドリューボフが苦笑した。

「じゃ、きみも加えるよ」ぼくのほうを向いて、シーモノフが決定をくだした。「あすの五時、オテル・ド・パリだ、まちがえないように」

「金は！」シーモノフに向ってぼくのほうを顎でしゃくりながら、フェルフィチキンが小声で言いだしたが、当のシーモノフもどぎまぎしたふうなので、そのまま口をつぐんだ。

「わかったよ」トルドリューボフが立ちあがりながら言った。「それほど来たけりゃ、来てもらえばいい」

「だけど、ぼくらのは内々《うちうち》の、友だちだけの集まりじゃないか」やはり帽子に手をかけながら、フェルフィチキンがいまいましげに言った。「あらたまった集まりでもないし。ぜひきみに来てもらいたいというわけでもないんだがな……」

二人は出て行った。フェルフィチキンは、ぼくに別れのあいさつもしようとしなかった。トルドリューボフは、顔を見ずに、かるくうなずいただけだった。シーモノフは、ぼくと二人だけになると、何か得心がいかない様子で、奇妙な目つきでぼくを見やっていた。自分から坐《すわ》ろうともしないし、ぼくに椅子《いす》をすすめるでもなかった。

「うん……そう……じゃ、あすね。金は、いま出してくれますか？ いや、確実なところを知っておきたいのでね」彼はへどもどとつぶやいた。

ぼくはかっとなった。しかし、かっとなりながら、ずっと昔からシーモノフには十五ルーブリの借りがあることを思いだした。いや、けっして忘れることはなかったのだが、そのくせ返そうともしなかったのだ。

「だって、シーモノフ、わかってくれるでしょう、まさかここへ来て、こんな話になろうとは思わなかったし……それに、まずいことに、家を出るときに忘れちゃって……」

「いいんだ、いいんですよ、どっちでも。あす食事のときに払ってくれれば。ぼくは、ただたしかめておきたかっただけでね……だから、どうか……」

彼はぷつんと黙りこんで、前よりもいっそういまいましそうな顔で、部屋のなかをあちこち歩きまわりはじめた。歩いているうちに、彼はだんだん踵《かかと》のほうに体の重みをかけはじめ、やけにこつこつと足音を立てだした。

「ぼく、お邪魔じゃないですか？」二分ほど沈黙がつづいたあとで、ぼくはたずねた。

「とんでもない！」彼は一瞬、ぎくりとなった。「いや、実をいうと、そうなんですよ。実は、これからまだ出かけなくちゃならないところがあってね……なに、すぐそこなんだが……」どこかすまなそうな声で、いくらか恥ずかしそうに彼は言いたした。

「おや、そうでしたか！　それならそうと言ってもらえればよかった！」ぼくはこう叫ぶなり、帽子をつかんだが、その態度はどこからどう取ってつけたのか、びっくりするほど気さくなものだった。

「なに、すぐそこでね……ほんのひとまたぎのところなんです……」いかにも彼にふさわしくないこせこせした顔つきで、玄関までぼくを送って出ながら、シーモノフはくり返した。「じゃ、あすの五時ジャストに！」彼は階段を降りて行くぼくに声をかけた。ぼくが帰っていくことが、うれしくてならない様子だった。一方、ぼくのほうは、むしょうに腹が立ってならなかった。

〈ちぇっ、なんでまた出しゃばる気になんかなったんだ！〉通りを歩きながら、ぼくはぎりぎりと歯がみをした。〈しかもズヴェルコフみたいな、あんな豚野郎のために！　もちろん、出かけて行く必要なんかない。唾《つば》をひっかけておさらばだ。義理も何もあるわけじゃなし。あすにもシーモノフに市内郵便で通知してやろう……〉

しかし、ぼくが腹を立てたのは、ほかでもない、自分が出かけて行くにちがいないことを確実に知っていたからだった。いや、わざとでも行くにちがいなかった。出かけて行くことが突拍子もない、不作法なことであればあるほど、かえってぼくは出かけて行くはずだった。

しかもそのうえ、ぼくが出かけて行けないのには、積極的な理由もあった。つまり、金がなかったのである。ぼくの手もとには、全部で九ルーブリしかなかった。しかも、そのうち七ルーブリは、明日にも下男のアポロンに給料として渡す分だった。彼は食事は自分もち、月七ルーブリで住みこんでいたのである。

アポロンの気性から推して、これを渡さないわけにはいかなかった。しかし、ぼくにくらいついたダニのようなこの悪党については、追ってまた話すことにしよう。

とはいえ、ぼくは、自分がけっしてこの金を渡したりせず、かならず出かけて行くにちがいないことを知っていた。

その夜、ぼくは醜悪このうえもない夢を見た。それもふしぎではない。その晩は、床につくまで、学校時代の徒刑囚のような日々の思い出にとりつかれて、どうしてもそれをふり切ることができなかったのだ。ぼくをこの学校に押しこんだのは、遠縁の親戚《しんせき》にあたる連中で、ぼくは彼らの世話になっていたわけだが、いまもってどうした連中なのか、ぼくにはさっぱりのみこめない。彼らの叱責《しっせき》でもういい加減いじけきって、妙に考えこみがちの、無口な少年になり、いっさいを白い目で見るようになっていた孤児同然のぼくを、彼らは学校に押しこんだのだった。学校友だちは、ぼくが彼らのだれとも似ていないという理由から、意地の悪い、容赦ない嘲笑《ちょうしょう》でぼくを迎えた。ところがぼくは嘲笑を我慢できない性質だったし、また、彼らがおたがいに仲好《なかよ》くなるときのように、安っぽくうまを合わしていくこともできなかった。ぼくはたちまち彼らを憎んで、みなから絶縁し、人一倍敏感でおびえやすい、傷つけられた自尊心の殻《から》のなかに閉じこもってしまった。彼らの意地悪はぼくを憤激させた。彼らはぼくの顔に、だん袋のようなぼくの格好に冷笑を浴びせたが、そういうやつらの顔もたいした間抜け面《づら》だった！　ぼくらの学校に入ると、顔つきまでが何か奇妙に間が抜けてきて、人が変ったようになるのだった。何人の美少年がぼくらの学校に入ってきたかしれない。ところが数年も経《た》つうちに、見るのもいやらしいような顔つきになっていくのだ。まだ十六歳の少年だったくせに、もうぼくは気むずかしい目で彼らを眺《なが》めては、内心、呆《あき》れ返っていた。すでに当時から、彼らの考え方の浅薄さが、彼らの勉強や、遊びや、会話の馬鹿馬鹿しさが、ぼくにはふしぎでならなかった。必要不可欠なことについてさえ理解がなく、感動し、驚嘆して当然と思えることにさえ関心を示そうとしない彼らを、ぼくは知らず知らず、自分より一段下の人間と見るようになった。傷つけられた自尊心がぼくをそんな気持にさせたのではない。また、お願いだから、もう胸がむかつくくらい聞きあきた紋切型の反論をぼくに並べたてることもよしてほしい。〈おまえは空想していただけだが、彼らはそのころすでに現実生活を理解していたのだ〉などと。彼らは現実生活どころか、何もわかっちゃいなかった。そして、誓ってもいいが、このことがぼくのいちばん癪《しゃく》にさわった点なのである。そのくせ彼らは、どうしたって目につかぬわけのない一目瞭然《いちもくりょうぜん》の現実をさえ途方もなく馬鹿げたふうに受けとって、もうそのころから、世間的な成功だけに目がくらんでいた。たとえ正義であっても、辱《はずか》しめられ、虐《しいた》げられているものに対しては、恥知らずにも冷酷な嘲笑を浴びせた。彼らは官等を英知ととりちがえ、もう十六の年から、居心地のよいポストばかりを夢見ていた。もちろん、これには彼らの頭のにぶさや、幼年時代、少年時代を通じて、たえず彼らを取りかこんでいる悪しき実例の影響もあった《あ》のだろう。彼らは顔をそむけたくなるほど性的に堕落していた。むろん、ここにはどちらかといえば、うわべだけのもの、借りもののシニスムが目立ち、また、もちろん、彼らの性的な堕落のかげからも、ときとして若さと思いがけないみずみずしさがひょいと顔を出すこともあった。しかし、そのみずみずしささえ、彼らの場合にはひとつも魅力を感じさせず、それまでが何か老醜めいた現われ方をするのである。ぼくは彼らを極端に憎んだ、もっとも、実をいえば、ぼくのほうが彼らよりまだ悪かったのかもしれない。彼らも同じ仕打ちでぼくにむくい、ぼくに対する嫌悪《けんお》をかくそうともしなかった。しかし、ぼくはもう彼らの愛情などほしくもなかった。それどころか、ぼくはたえず彼らから屈辱を受けるのを望んでいた。彼らの嘲笑から身を守るために、ぼくはことさら勉強にはげみ、優等生の仲間に加わることができた。これは彼らに対して効験あらたかだった。それに加えて、彼らもしだいに、ぼくが彼らには読めもしないような本をもう読んでいること、学校の専門科目にも入っていなくて、それこそ彼らの耳にしたこともないような事柄《ことがら》まで理解していることに気がつきはじめた。彼らはこれを小馬鹿にしたような、嘲笑の眼差《まなざ》しで見ていたが、しかし精神的に屈服したことはまちがいなかった。しかも教師たちまでが、この点でぼくに注意を向けはじめたのだから、なおさらだった。こうして嘲笑はやんだが、敵意はのこり、おたがいの間にはよそよそしい、緊張した関係が作りだされた。そのうちに、ぼくのほうが我慢しきれなくなった。年とともに人恋しさが、親友を求める心がつのっていった。ぼくは何人かの者に自分から近づいてみようとさえした。しかし、この接近はいつも不自然なものになって、自然消滅の道をたどるのがつねだった。一度、ぼくにも親友らしいものができたことがあった。ところがぼくはもう精神的な暴君になっていた。ぼくは彼の気持を無制限に自分の思うままにしようとした。ぼくは、彼を取巻く環境に対する軽蔑《けいべつ》の念を彼に吹きこんでやりたかった。ぼくは、彼がこの環境とすっぱり、傲然《ごうぜん》として手を切るように要求した。ぼくの激烈な友情は相手を尻込《しりご》みさせ、とうとう彼に涙を流させ、発作を起させるまでになってしまった。彼は純真で、人に影響されやすい性格だったが、彼が完全にぼくの影響下に入ると、ぼくはたちまち彼を憎みはじめ、彼を突き放すようになった。まるでぼくが彼を必要としたのは、彼に対して勝利をおさめ、彼を屈服させるためだけであったかのようだった。しかしぼくにしても、だれにもかれにも打勝つわけにはいかなかった。ぼくの親友も、やはりだれとも似ていない、例外中の例外にほかならなかったのだ。学校を卒業してぼくが第一に手をつけた仕事は、ぼくがそのために勉強してきた専門の職務をなげうつことだった。それも、いっさいのつながりを断ちきり、過去を呪《のろ》い、きっぱりと忘れ去ってしまうためだった……それがどうしてまた、あんなシーモノフのところへなど、ぼくはのこのこと出かけて行ったのだ！………

翌朝、ぼくははやばやとベッドからとび出すと、わくわくしながら立ちあがった。まるでそのいっさいがいますぐにも成就《じょうじゅ》するような気持だった。いや、ぼくは本気で、ぼくの人生の一大転機が訪れようとしている、きょうにもそれが訪れるにちがいない、と確信していたのだ。ふだんめったにないことだからだろうか、ぼくは生涯《しょうがい》、ほんの些細《ささい》なことでも、何か外部的な事件があると、いまにもぼくの人生に一大転機が訪れるような錯覚におそわれたものである。もっとも、勤めには平常どおり出かけて行った。そして早退して、二時間ほど早目に帰ってきた。準備をととのえるためである。いちばん大事なことは、とぼくは考えた、まっ先に乗りつけるような真似《まね》をしないことだ。さもないと、ひどく嬉《うれ》しがっているように勘ぐられるからな。しかし、この程度の大事なことなら何千となくあって、それがどれもこれも、ぼくの神経をくたくたにすりへらすのだった。ぼくは靴《くつ》をもう一度自分で磨《みが》き直した。アポロンは、天地が裂けたって、一日に二度も靴を磨いたりする男ではない。そんなことは秩序を乱すもと考えているからだ。ぼくは、アポロンに気づかれて、あとで見くだされたりしないように、こっそり玄関からブラシを盗みだして、自分で靴を磨いた。それから、ぼくは自分の服を仔細《しさい》に点検し、何もかも古びて、よれよれにくたびれていることを発見した。とにかく、だらしなくする癖が身にしみついてしまったのだ。役所の制服は、まあまあ、きちんとしていたが、まさか制服を着て食事をしに行くわけにもいかなかった。だが、何より困ったのは、ズボンのちょうど膝《ひざ》の上のところに、ばかでかい黄色いしみができていることだった。このしみひとつだけでも、ぼくの品位の十分の九は吹っとんでしまうことを、ぼくは予感した。だが、そんなふうに考えるのが実に下劣だということも、やはりぼくは承知していた。〈しかし、いまはもう考えているときじゃない。もう現実が迫っているんだから〉こう考えて、ぼくはがっくりしてしまった。ぼくはまた同時に、自分がこうした事実をひどく誇張して考えていることも、よく承知していた。しかし、どうしようもない、ぼくはもう自分で自制がきかず、熱病やみのように全身をふるわせていた。もうやけくそ半分にぼくはしきりと想像をめぐらした。あの《卑劣漢》のズヴェルコフめ、さも人を見くだしたような、冷やかな態度でぼくを迎えるにちがいない。うすのろのトルドリューボフは、いかにも間の抜けた、軽蔑そのものの目でぼくを見るだろう。俗物のフェルフィチキンは、ズヴェルコフのご機嫌を取結ぼうと、ぼくをネタにおよそ下品な、厚かましい追従笑《ついしょう》いをしやがるだろう。そしてシーモノフは、こういうことをすっかり心得ながら、ぼくの自尊心の下らなさと気の小ささを軽蔑することだろう。そして、何よりやりきれないのは、こうしたいっさいが実にみじめたらしくて、非文学的で、月並なことだ。もちろん、いちばんいいのは、出かけて行かないことにきまっている。しかし、それがまた何より不可能なことだった。ぼくという男は、いったん何かに引かれだしたら、もうとことんまで引きずりこまれなければ、納まりがつかないのだ。ぼくはその後の一生涯、自分で自分を愚弄《ぐろう》し抜くにちがいない。〈なんだ、怖気《おじけ》づいたか、現実に恐れをなしたか、弱気を出しやがって!〉と。いや、ぼくはむしろ逆に、あの《ごろつき》連中の前で、ぼくが自分の考えているほど臆病者ではないことを実証して見せたくて仕方なかったのだ。それどころか、がくがくふるえだすほどはげしい弱気の発作にとりつかれている最中にも、ぼくは彼ら全部を征服して打負かしてやりたい、たとえば《高遠な思想と疑いもない機知》ゆえに、彼らを魅了し、自分に惹《ひ》きつけてやりたい、という空想にかられるのだった。彼らはズヴェルコフを見捨ててしまい、彼はわきのほうに引っこんで、黙って恥じ入っている。そしてぼくはズヴェルコフを圧倒してしまうのだ。そのあとで、たぶん、ぼくは彼と仲直りし、親友になったしるしの乾杯をすることだろう。しかし、ぼくにとって何より腹だたしく、いまいましかったのは、そんなふうに空想しながら、同時にぼくが、実のところ、そんなものはぼくにとってなんの必要もないことを、このうえもなくはっきりと知り抜いていた点である。実をいえば、ぼくはやつらを圧倒しようとも、征服しようとも、魅了してやろうとも望んでいなかった。いや、たとえその目的を達したとしても、そんな成果になど、まずこのぼくが、びた一文の価値も見出《みいだ》さなかったにちがいない。ああ、この一日よ、早く過ぎ去ってくれと、ぼくがどんなに神に祈ったことか！　言いあらわしようもないわびしい思いにかられながら、ぼくは窓に近寄って通風口を開き、はげしくぼた雪の降りしきるにごった薄闇《うすやみ》に目をこらした……

ついに、ぼくの部屋の安物の柱時計が、かすれ声で五時を打った。ぼくは帽子をつかみ、アポロンのほうには目をやらぬようにして、──彼はもう朝から給料の支払いを待ちかねていたが、プライドのために自分から先には言いだしかねていたのだった──彼のわきをすり抜けて、戸口から外へ出た。そして、なけなしの五十カペーカをはたいてわざわざ雇った辻馬車《つじばしゃ》を駆って、いかにも旦那然《だんなぜん》とオテル・ド・パリへ乗りつけた。

4

ぼくはもう前の晩から、自分がまっ先に乗りつける羽目になるのを承知していた。しかし、ぼくを待ち受けていたのは、もうまっ先も何も問題にならないような事態だった。

連中の姿がひとりも見えなかっただけではない、ぼくらの部屋を探しだすのさえやっとのことだったのだ。テーブルの準備もまだすっかりできあがっていない始末だった。なんたることだ？　さんざ聞きまわったあげく、やっとボーイの口から、食事は六時の注文になっていて、五時ではないと聞きだせた。食堂のほうでもその裏づけがとれた。あちこちたずねまわるのが気恥ずかしくなるほどだった。まだ五時二十五分だったのである。もし時間を変更したのなら、すくなくとも通知してくれるのが当然ではないか。そのためにこそ市内郵便だってあるのだし、何もぼくにこんな《赤恥》をかかせなくたってよかろう……第一、ボーイたちの手前もある。ぼくは腰をおろした。ボーイたちが食卓の支度をはじめた。ボーイたちにそばにいられると、何かよけいにむしゃくしゃした。六時近くなって、先ほどから灯《とも》っていたランプのほかに、新たにろうそくが室内に持ちこまれてきた。それにしても、ボーイたちめ、ぼくが着いたら、さっそく気をきかして、ろうそくぐらい運んでくれればいいじゃないか。となりの部屋では、なんだか怒ってでもいるような陰気くさい客が二人、別々のテーブルで黙りこくって食事をしていた。遠くはなれた部屋のひとつが、ひどく騒々しかった。叫び声まで聞えた。多人数が一度にどっと笑いくずれる声も聞えてきた。何やら品のわるいフランス語の金切声も聞えた。女づれの宴会なのだ。一言でいえば、むかむかするような気分だった。これほど感じのわるい時間を過したこともめったになかったせいだろう、六時きっかり、連中がそろって姿を現わすと、ぼくは最初の一瞬、まるで解放主が訪れでもしたようにうれしくなり、憤然たる様子を気取っていなければならないことまで、あやうく忘れてしまうところだった。

ズヴェルコフは先頭に立って、いかにも指揮官然と入ってきた。彼も、ほかの連中も、笑いさざめいていたが、ぼくを目にすると、ズヴェルコフはふいにもったいぶった態度になり、しなでも作るように、ちょっぴり腰をかがめて、ゆっくりと歩み寄ってきた。そして、愛想よく、といっても度を過さぬよう、まるで将軍気どりの、どこか警戒的な丁重さで、ぼくに手を差しだした。手を差しのべながら、同時に何かに向って身がまえてでもいるような格好だった。ぼくの想像は、それこそ正反対で、彼は、入ってくるなり、昔ながらの甲高いきいきい声で一笑してから、開口一番、例の月並きわまる冗談や洒落《しゃれ》をとばすものとばかり思っていたのだ。この出方に対してなら、ぼくはもう昨夜から準備おさおさ怠りなかったが、こんな高飛車な、将軍然とした愛想よさは、それこそ予期してもいなかった。してみると、この男、いまやすべての点でぼくよりも数段上だと、心底から信じきっているのだな？　もし彼がこの将軍然とした態度でぼくを侮辱しようとしただけなら、まだいい。それなら折を見て唾を吐き返してやるまでだ。しかし、もしも実際に、侮辱しようなどという気は毛頭なしに、自分はぼくなどより数段上の人間だから、ぼくに対しては保護者然とした見方しかできないといったような考えが、あの馬鹿頭に本気で浮んだのだとしたら？　こう仮定しただけで、ぼくはもう息がつまりそうになった。

「きみが仲間入りをなさりたいというので、意外でしたよ」彼は妙に舌たらずな甘ったるい調子で、以前にはなかったことだが、一語一語を引きのばすようにして話しだした。「きみとはどうしてかずっとお目にかかれなかった。何かわれわれを避けておられたようでね。つまらない。ぼくらは、きみが思うほど、恐ろしい人間じゃないですよ。まあ、それはそれとして、旧交をあたためることができて愉快です……」

そう言うと彼は無造作に後ろを向いて、帽子を窓の上に置いた。

「だいぶ待ったですか？」トルドリューボフがたずねた。

「ぼくは五時きっかりにきましたからね、きのう言われたとおりに」いまにも癇癪《かんしゃく》が破裂しそうになるのを感じながら、ぼくは大声に答えた。

「まさか時間の変更を知らせなかったんじゃあるまいね？」トルドリューボフがシーモノフにたずねた。

「知らせなかったんだ。つい忘れてね」彼は答えたが、すまなそうな様子はつゆほども見せず、ぼくにあやまろうとさえしないで、前菜《ザクースカ》を注文しに出て行った。

「じゃ、きみはもう一時間もここにいるんですか、そりゃ気の毒に！」ズヴェルコフがからかい半分の調子で叫んだ。というのも、彼の常識からすれば、これはまさしく滑稽《こっけい》きわまることにちがいなかったからだ。彼の尻について、下司根性《げす》のフェルフィチキンが、まるで小犬の鳴くような甲高い声で、下品に笑いだした。彼にはぼくの置かれた立場が、滑稽で不体裁きわまるものに思えたのだ。

「何がいったいおかしいんです！」ぼくは、ますます苛立《いらだ》ちながら、フェルフィチキンに向って叫んだ。「ともかく悪いのはぼくじゃない。通知をもらえなかったんだから。これは、これは、これは……まったくもう馬鹿げてる」

「馬鹿げてるじゃすまない話だな」無邪気にぼくの肩をもって見せながら、トルドリューボフがつぶやいた。「きみがあまりおとなしすぎるんですよ。失礼千万な話じゃないですか。もちろん、故意にじゃないとしても。だいたいシーモノフが……ふむ！」

「ぼくがそんな仕打ちをされたら」フェルフィチキンが口をはさんだ。「ただじゃ……」

「それにしても、何か注文なさればよかったのに」ズヴェルコフが引きとった。「でなけりゃ、ぼくらを待たずに、食事を頼まれたら」

「断わっておきますがね、だれにいわれなくても、それくらい、ぼくだってやれましたよ」ぼくはやり返した。「ぼくが待っていたのは……」

「席につこうや、諸君」入ってきたシーモノフが叫んだ。「準備はオーケー。シャンパンは保証するよ。とびきり冷やしたやつだ……だってさ、ぼくはきみの家を知らないし、たずねようにも手がないでしょう？」彼はふいにぼくのほうを振り返ったが、やはりまともにぼくの顔を見ようとはしなかった。明らかに、何か含むところがあるのだ。きっと、きのうあのことがあってから、いろいろと考えたのにちがいない。

みなが席についた。ぼくも坐《すわ》った。テーブルは円卓だった。ぼくの左手がトルドリューボフ、右手がシーモノフで、ズヴェルコフとは向い合せだった。フェルフィチキンは彼の横に、トルドリューボフと並んで坐った。

「で、どうなァんです、お勤めは……役所ですか？」ズヴェルコフはあいかわらずぼくに話しかけた。ぼくがばつの悪い思いでいるのを見て、いたわってやる必要がある、というより、はげましてやる必要がある、と本気で考えたものらしい。〈こいつ、おれに酒壜《さかびん》でも投げつけてもらいたいのかな〉——ぼくはむしゃくしゃまぎれに考えた。場馴《ばな》れしていないせいだろう、ぼくは不自然なほど早く苛立ってきた。

「**局ですよ」ぼくは皿から目をあげぬままで、ぶっきらぼうに答えた。

「で……そのほうが有利というわァけですか？　それにしても、そのォ、以前のお勤めをやめなければならなかァったのは？」

「やめなァければならなかァァったのは、前の勤めをやめたくなったからですよ」ぼくはそろそろ自制がきかなくなり、彼の三倍も長く言葉を引きのばした。フェルフィチキンはぷっと吹きだした。シーモノフは皮肉な目でぼくを見た。トルドリューボフは食事の手を休めて、ぼくに好奇の目を注ぎはじめた。

ズヴェルコフはむっとしたらしかったが、気づかぬふりをよそおった。

「でェ、待遇のほうはいかがです？」

「待遇というと？」

「つまり、そのォ、俸給《ほうきゅう》ですよ」

「まるで口頭試問ですね！」

といっても、ぼくは即座に、自分の俸給額をしゃべってしまった。ぼくの顔は真赤になった。

「あまり豊かではないですな」ズヴェルコフがもったいぶって感想をもらした。

「そうですね、カフェ・レストランで飯を食うというわけにはいかない！」フェルフィチキンが臆面《おくめん》もなく言いそえた。

「豊かでないどころか、貧乏ぐらしもいいところだ」トルドリューボフが真顔で言った。

「それにしても、きみは痩《や》せましたね、見ちがえるようだ……あれ以来……」もういくらか毒のある調子で、露骨な憐《あわれ》みの表情を見せながら、ズヴェルコフがつづけ、ぼくの顔と身なりをじろじろ眺《なが》めまわした。

「まあ、そうそう間の悪い思いをさせなくても」ひひひ笑いをしながら、フェルフィチキンが叫んだ。

「ことわっておくけどね、きみ、ぼくは間の悪い思いなんか、ひとつもしてないですからね」ぼくはとうとう癇癪を破裂させた。「いいですか！　ぼくはここの《カフェ・レストラン》とやらで、自分の金で食事をしているんだ、他人におごられているわけじゃない。そこを心得ておいてもらいたいですね、ムッシュ・フェルフィチキン」

「なんだって！　ここに自分の金で食事していないものがいるとでもいうんですか？まるできみは……」フェルフィチキンが、ざりがにのように赤くなり、憎々しげにぼくをねめつけながら、食いさがった。

「まあまあ」ぼくは、すこしやりすぎたなと感じながら、答えた。「それより、もうすこし気の利《き》いた話をしたらどうなんです?」

「きみの頭のいいところを見せびらかそうというわけですか?」

「ご心配なく。ここじゃ、そうするまでもないようですからね」

「いったいきみは、なんでまたそう突っかかるんです? まさか、そのご役所づとめとやらで、頭がおかしくなったわけでもあるまいに?」

「やめよう、諸君、もうやめよう!」ズヴェルコフが威厳のある声で叫んだ。

「まったく馬鹿《ばか》げてる!」シーモノフがつぶやいた。

「ほんとに馬鹿げてる、ぼくらは親友の歓送会をやろうと、仲間同士で集まったのに、きみは昔の恨みを晴らそうというんだから」トルドリューボフがぼくひとりに開きなおるようにして、言いだした。「きみはきのう、自分のほうから仲間入りがしたいと頼みこんできたんでしょう、だったら、みなの気分をこわすような真似はやめてもらいたいですね……」

「やめよう、やめよう」ズヴェルコフが叫びだした。「諸君、やめてくれたまえ、場《ば》所柄《しょがら》にもない。それよりか、おとつい、すんでのことでぼくが結婚しそこなった話をご披露《ひろう》するよ……」

こうして、この先生がおとつい、すんでのことで結婚しそこなったとかいう、ふざけた一席がはじまった。もっとも、結婚の話なぞは薬にしたくもなくて、やたら将軍だの、大佐だの、果ては侍従武官までが登場し、しかも当のズヴェルコフがみなの音頭をとっているといわんばかりの話だった。えたりとばかり笑い声が起った。フェルフィチキンなどは金切声まで立てた。

ぼくはすっかり仲間はずれにされて、ぶちのめされたように、しょんぼりと坐っていた。

〈ああ、とんだお門ちがいの場所に来てしまったものだ！〉とぼくは考えた。〈しかもおれはこんなやつらの前で、とんだ赤恥をさらしている！　それにしても、フェルフィチキンのやつをのさばらせすぎたな。とんちきめら、おれを同席させて、名誉でも授けたような気でいやがるだろうが、わかっちゃいないな、実を言えば、名誉を授けてやったのはこっちのほうで、やつらじゃないんだ！《痩せましたね》だと！《身なりが》だと！　くそっ、いまいましいズボンだ！　ズヴェルコフはもうさっきから、膝の黄色いしみに気がついていやがるんだ……そうとも、こんなところにいて何になる！　いま、いますぐにも席を立って、帽子を手に、一言もいわずに立ち去ってやろう……軽蔑の気持を見せつけてやるのだ！　あすになったら、決闘にでも何にでも出てやる。畜生めら。七ルーブリが惜しいんじゃないぞ。待てよ、そう思いやがるかな……くそ食らえだ！　七ルーブリなんか、惜しいものか！　いますぐ出て行ってやる！……〉

いうまでもなく、ぼくは出て行きはしなかった。

やけになって、ぼくは赤ぶどう酒やシェリー酒をコップであおった。飲みつけない酒のためにたちまち酔いがまわり、酔いのまわるにつれて腹だたしさもつのった。だしぬけにぼくは、思いきり手きびしくやつらを侮辱して、ぷいと出て行ってしまいたい衝動にかられた。うまい潮時をつかんで、ぼくの何たるかを見せつけてやるのだ。滑稽なやつだが、頭はいいな、とでも言わせてやろう……それから……それから……なに、要するに、あんなやつら、どうとでもなりやがれだ！

ぼくはとろんと濁った目で、じろじろと一同を見まわしてやった。ところが彼らは、ぼくのことなど、まるで忘れてしまったふうだった。彼らはがやがやと騒々しく、にぎやかだった。ズヴェルコフひとりがしゃべっていた。ぼくは話を聞こうと身がまえた。ズヴェルコフの話というのは、さるあでやかな貴婦人のことで、ついに彼女に愛の告白までさせたとかいうのだが（もちろん、馬みたいにほらを吹いていやがるのだ）、この件では、彼の無二の親友で、三千人からの農奴をもっているコーリャとかいう軽騎兵の公爵《こうしゃく》がとくに一肌《ひとはだ》脱いでくれたのだそうである。

「それにしても、その三千人の農奴持ちのコーリャとやらは、ここにはさっぱりお見えがないようですね、きみの送別会だというのに」ぼくはふいに話に割って入った。

一瞬、みなはしんとなった。

「きみはもう酔っぱらってるんですね」ようやく、トルドリューボフがありがたくもぼくの存在を認めてくれて、小馬鹿にしたような流し目をぼくにくれた。ズヴェルコフは無言のまま、まるで虫けらでも見るような目で、ぼくのことをじろじろと眺めまわした。ぼくは目を伏せた。シーモノフはそそくさとみなの杯にシャンパンを注《つ》ぎだした。

トルドリューボフが杯をあげ、ぼくを除いて、一同がそれにならった。

「きみの健康と道中の無事を祈って！」彼がズヴェルコフに向って叫んだ。「ぼくらの過ぎ去った日々と、諸君、ぼくらの未来のために、万歳！」

みなが杯を干し、ズヴェルコフのまわりに集まって接吻《せっぷん》しようとした。ぼくは身じろぎもしなかった。ぼくの前には、なみなみとシャンパンを充《み》たした杯が口もつけずに置いてあった。

「きみは飲まない気ですか？」癇癪を爆発させたトルドリューボフが、きっとなってぼくにどなりつけた。

「ぼくはぼくで、ひとつスピーチをさせてもらいたいと思うのでね……だから、それから飲むことにしますよ、トルドリューボフ君」

「いけすかないやつさ！」シーモノフがつぶやいた。

ぼくは椅子《いす》に坐ったまま姿勢を正して、ふるえる手に杯をもった。何かとっぴな行為に出ようとしている自分を感じたが、いったい何をしゃべるつもりかは、自分でもまだわかっていなかった。

「ひやひや！」フェルフィチキンが叫んだ。「なにとぞご高説拝聴のほどを！」ズヴエルコフはことの成行きを察したらしく、ひどくきまじめに控えていた。

「ズヴェルコフ中尉《ちゅうい》殿」とぼくは切りだした。「まず心得ておいていただきたいのは、ぼくが美辞麗句や、おべっかや、最新モードの例のウエストの締った服などを憎んでやまないことで……これが第一点、つづいて第二点に移らせてもらいます」

一座がざわめいた。

「第二点は、すなわち、色事ならびに色事師を憎むことでありまして、とくに色事師においてしかりであります！」

「第三点は、真理と誠実と廉潔心《れんけつしん》を愛する点であります」ぼくはほとんど機械的に言葉を並べていた、というのは、なぜこんなことをしゃべるのか、自分でも合点がいかず、もう背筋の凍るような恐怖をおぼえはじめていたからだ……「ムッシュ・ズヴェルコフ、ぼくは思想を愛します、真の友情を愛します、ただそれは、対等の立場に立つものであるべきで、けっして……その……ぼくが愛するのは……いや、いまさらこんなことはどうだっていい。では、ムッシュ・ズヴェルコフ、きみの健康のために乾杯します。せいぜいチェルケス女でも引っかけて、祖国の敵をこらしめ……しかして……しかして……きみの健康を祈って、ムッシュ・ズヴェルコフ!」

ズヴェルコフは椅子から立ちあがり、ぼくに向って会釈《えしゃく》した。

「感謝にたえません」

彼はひどく腹を立て、顔色まで蒼《あお》ざめていた。

「畜生」トルドリューボフが拳固《げんこ》でテーブルをごつんとやって、吼《ほ》えたてた。

「けしからん、びんたでもくらわしてやって当然だ!」フェルフィチキンが金切声を立てた。

「叩《たた》きだしてやれ!」シーモノフがつぶやいた。

「何も言うな、諸君、指一本動かさないで!」ズヴェルコフが一同の憤激をしずめようと、重々しい声で叫んだ。「きみらには感謝するよ、しかし、この男の言葉をぼくがどの程度に評価しているかは、ぼくが自分で証明できる」

「フェルフィチキン君、きみのいまの言葉に対しては、あすにも償いをさせてもらいますよ！」重々しくフェルフィチキンのほうに向き直って、ぼくは大声に言った。

「というと、決闘かね？　どうぞ」彼は答えたが、ぼくの挑戦《ちょうせん》ぶりが実に滑稽で、およそ風采《ふうさい》にはそぐわないものだったせいだろう、みなが、そしてついには当のフェルフィチキンまでが、腹をかかえて笑いころげてしまった。

「そうさ、打っちゃっときゃいいのさ！　もうべろんべろんなんだから！」トルドリューボフが嚙《か》んで吐きだすように言った。

「こんな男を仲間に入れちまって、実に汗顔のいたりだよ！」シーモノフがまたつぶやいた。

〈さあ、いよいよみんなに酒壜でもぶつけてやるか〉ふとこう思って、ぼくは壜をとりあげ、そして……自分の杯になみなみと注いだ。

〈……いや、いっそ最後までねばっていてやれ！〉ぼくは考えをつづけた。〈おれがここで帰ってやったら、さぞせいせいなさるだろうが、どっこい、そうはいかない。意地でも最後までねばって、飲んでいてやる、おまえらなんか歯牙《しが》にもかけないところを見せつけてやるためにだ。最後まで飲みつづけてやるとも、だいいちここは飲み屋で、代はちゃんと払ってあるんだからな。飲みつづけてやるとも、おまえらなんぞ、おれは将棋の歩《ふ》ほどにも思っちゃいないんだぞ、歩も歩、実在してない歩ほどにもさ。飲みつづけてやるとも……それから、気が向いたら、歌でもうたってやるさ。そうとも、それだけの権利は……歌をうたう権利はもっているんだからな……ふむ!〉

　しかし、ぼくはうたわなかった。ぼくはただ、だれの顔も見ないようにつとめただけだった。思いきり平然としたポーズをよそおいながら、彼らのほうから先にぼくに話しかけてくれるのを、じりじりしながら待っていた。しかし、ああ、彼らは話しかけてこなかった。この瞬間、ぼくはどんなに、どんなに彼らと仲直りを望んでいたことだろう! 八時が打ち、ついに、九時が鳴った。彼らはテーブルをはなれて、ソファのほうに移った。ズヴェルコフは片足を円卓の上にのせて、ながながとクッションに寝そべった。ぶどう酒もそちらへ運ばれた。彼はたしかに三本、自腹を切ってみなにおごった。むろん、ぼくは招かれなかった。みなは彼をかこんでソファに坐った。そして、かしこまらんばかりの態度で、彼の話を傾聴していた。見たところ、彼はみなに好かれているようだった。〈どうして? どうしてだろう?〉ぼくはひとり考えていた。ときたま、彼らは酔った勢いでわっとなって、接吻をかわしていた。コーカサスのことや、真の情熱とは何ぞやとか、ガリビック(訳注 カルタ遊びの一種)のことや、収入の多いポストのこととかが話題にのぼっていた。それから、ポドハルジェフスキーとかいう軽騎兵の収入はどれくらいか、などという話も出た。もっとも、この軽騎兵を個人的に知っているものは、彼らのなかには一人もいなかったが、そのくせ、彼の収入が多いのをうれしがっていた。それから、やはり彼らのだれも一度として目にしたことのない、D公爵令嬢の並はずれた美貌《びぼう》と優雅さの話になり、ついには、シェイクスピアは不朽である、というところまで話が行きついた。

ぼくはにやにやと軽蔑《けいべつ》の笑いを浮べながらソファと向い合った部屋の反対側を、テーブルから暖炉のところまで、壁沿いに行きつ戻りつしていた。ぼくは精いっぱいの努力で、彼らになど相手にされなくても平気だというところを見せつけようとしていたが、そのくせ、わざと踵《かかと》のほうに力を入れて、靴音《くつおと》を高くひびかせた。しかし、何をやってもむだだった。彼らのほうは、こちらをふり向いてもくれなかったのだ。ぼくはすばらしい忍耐力を発揮して、彼らのすぐ前を、八時から十一時まで、そうやって歩きつづけた。しかも始めから終りまで同じ場所、つまりテーブルから暖炉まで、つぎには逆に暖炉からテーブルまでをである。〈だれの邪魔もせずに勝手に歩いているんだから、だれにも禁止する権利はないはずだ〉。部屋に入ってきたボーイが、何度か立ちどまってぼくを眺めた。やたらと向きを変えていたおかげで、目がまわりそうになってきた。ときには、悪い夢でも見ているような気持に襲われた。この三時間のあいだに、ぼくは三度汗をかき、三度汗がひいた。何度か、刺すようなはげしい痛みをともなって、ひとつの考えがぼくの心臓をつらぬいた。十年が過ぎ、二十年が、四十年が過ぎても、ぼくはやはり、四十年前からいっこうに変ろうとしない、あいかわらずの嫌悪《けんお》感と屈辱感を抱きながら、ぼくの全生涯《ぜんしょうがい》でもっとも汚辱にまみれた、もっとも滑稽《こっけい》な、もっともやりきれないこの瞬間を思い浮べるのではないか、と。これほどまで恥も外聞もなく、しかも自分からすすんでこんな屈辱感にひたることは、もうできない相談だった。けれどぼくは、そのことを完全に、完全に承知していながら、しかもなお、テーブルから暖炉への往復をくり返していた。〈ああ、おれがどんな感情や思想をもつことができ、どんなに知的に発達した人間かを、思い知らせてやれたらなあ！〉ぼくはときたま、ぼくの仇敵《きゅうてき》どもが陣取っているソファのほうへ、心のなかで話しかける気持で、こう考えた。しかし仇敵どもは、ぼくなどまるで部屋にいないかのように振舞っていた。一度、たった一度だけ、彼らはぼくのほうをふり向いた。ちょうどズヴェルコフがシェイクスピアの話をはじめたときである。だしぬけにぼくは、軽蔑的な高笑いをしてやった。その笑い方がいかにも作りものじみた、いやらしいものだったので、彼らもぴたりと話をやめ、二分ほどは、笑いもせず、まじめくさった顔で、ぼくが壁沿いにテーブルから暖炉まで歩いて行くさまを、そして、ぼくが彼らになんの注意も払おうとしないさまを、無言で観察していた。しかし、それもそれだけだった。彼らは話しかけてくるどころか、二分後には、ふたたびぼくをうっちゃらかしてしまった。十一時が打った。

「諸君」ソファから腰をあげて、ズヴェルコフが叫んだ。「そろそろ例のとこへしけこむとしようや」

「そうだ、そうだ！」ほかの連中も声を合わせた。

ぼくはくるりとズヴェルコフのほうに向き直った。神経も肉体ももうくたくたで、何がどうなってもいい、ともかく片をつけたかった。ぼくの身体《からだ》は熱病にかかったようにふるえ、汗にぬれた髪が額やこめかみにべっとりとこびりついていた。

「ズヴェルコフ！　きみに謝罪します」ぼくはきっぱりと言いきった。「フェルフィチキン、きみにも。いや、みんなに、みんなにだ。ぼくはみんなを侮辱したんだから！」

「ははん！　やはり決闘は苦手ときたな」フェルフィチキンが毒々しくつぶやいた。

ぼくは心臓をぐさりと抉《えぐ》られる思いだった。

「いや、ぼくは決闘がこわいんじゃない、フェルフィチキン！　和解さえできれば、ぼくは明日にだってきみと闘ってもいいですよ。むしろぜひにもそうしたいくらいだ、きみにも断わる理由はないでしょう。ぼくが決闘などこわがっていないことを、きみたちに証明してみせてやりたい。きみがまず最初に射《う》つと、ぼくは空に向けて発砲する」

「いい気なもんさ」シーモノフが口を入れた。

「口から出まかせだよ！」トルドリューボフが応じた。

「まあ、そこを通してくれませんか、なんだって人の通り道に突立っているんです！……え、いったいどうしろというんです？」ズヴェルコフがさげすみきった調子で答えた。彼らはだれもが真赤な顔をしていた。だれの目もぎらぎらと輝いていた。したたか飲んでいたのだ。

「ぼくはきみと友だちになりたいんですよ、ズヴェルコフ、ぼくはきみを侮辱したけれど、しかし……」

「侮辱したって！　きみがァ！　ぼくをォ？　ことわっておきますがね、たとえどんな事情があろうと、きみごときにぼくが侮辱されてたまるものですか！」

「もうけっこうだよ、どいてくれたまえ！」トルドリューボフが吐き捨てるように言った。「さあ、行こうや」

「オリンピアはだれにもゆずらないぜ、諸君、約束だよ！」ズヴェルコフが叫んだ。

「わかってる！　わかってる！」みなは笑いで答えた。

ぼくは面目玉を丸つぶしにされて突立っていた。連中はどやどやと部屋を出て行き、トルドリューボフがなにやら馬鹿げた歌をうたいだした。シーモノフは、ボーイたちにチップをやるために、ちょっとの間残った。ぼくはだしぬけに彼のそばへ寄って行った。

「シーモノフ！　六ルーブリ貸してくれないですか！」ぼくはやけっぱちな調子で、きっぱりと言った。

彼は呆気《あっけ》にとられて、どこかとろんとした目でまじまじとぼくを見つめた。彼も酔っていた。

「まさか、あ、あそこまでついてくるつもりじゃ？」

「いや、そうですよ！」

「金なんてないですね！」ぶっきらぼうに答えて、軽蔑の薄笑いを浮べると、彼は部屋を出て行った。

ぼくは彼の外套《がいとう》をつかんだ。もう悪夢だった。

「シーモノフ！　きみが金をもっているのは、ちゃんと見ている、どうして断わるんです？　ぼくが卑劣漢だとでも？　そうすげなく断わらなくてもいいでしょう。ああ、ぼくがどうして頼んでいるのか、知ってもらえたらなあ！　これにはいっさいが、ぼくの全未来が、ぼくの全計画がかかっているんですよ……」

シーモノフは金をとり出し、投げつけんばかりにしてぼくによこした。

「取りたまえ、それほどの恥知らずとは知らなかった！」情け容赦もなくこう言い捨てると、彼はみなのあとを追って駆けだした。

しばらくの間、ぼくはひとりきり取りのこされた。乱雑をきわめた周囲、食べのこし、床の上の割れたコップ、こぼれた酒、煙草《たばこ》の吸殻《すいがら》、頭には悪酔いと幻覚、心にはやり場のない憂愁、そしてもうひとつ、一部始終を目にし、耳にしていて、いましも好奇の色をありありと浮べて、ぼくの目をのぞきこもうとするボーイたち。

「あそこへ行ってやる！」とぼくは絶叫した。〈やつらをみんなひざまずかせて、ぼくの足にとりすがらせ、ぼくの友情を乞《こ》い求めさせてやる。さもなければ、ズヴェルコフのやつに平手打ちをくわしてやる！〉

「さあ、これだぞ、さあ、これだぞ、いよいよやって来やがった、現実との衝突とかいうやつが」いっさんに階段を駆けおりながら、ぼくはつぶやいた。「こうなったらもう、ローマからブラジルへの法王の遷都《せんと》どころじゃない、コモ湖畔の舞踏会どころじゃない！」

〈卑怯《ひきょう》だぞ！〉頭のなかをこんな考えがかすめた。〈いまになって、これを笑いぐさにするなんて〉

「かまうもんか！」自分で自分に答えながら、ぼくはこう叫んだ。「どうせこうなったら何もかもおしまいだ！」

彼らはもう影も見えなかった。けれどそんなことは問題じゃない。行先はちゃんとわかっていた。

玄関先には、夜稼《よかせ》ぎの辻待《つじま》ち橇《そり》の馭者《ぎょしゃ》が、なお降りしきるぬくといほどの感じのぼた雪を頭からかぶって、ラシャ外套姿でぽつんと立っていた。もやがこめて、息苦しかった。毛のふさふさした、背の低い斑馬《まだらうま》も、やはりすっぽりと雪をかぶって、咳《せき》をしていた。ぼくはこのことを奇妙に記憶している。ぼくは樹皮の桁《けた》をつけた安橇に駆け寄ったが、いざ乗りこもうと片足をあげたとたん、いましがたシーモノフがぼくに六ルーブリをくれたときの情景が、ふいにぐっと胸につかえ、ぼくはもうだん袋のような格好で、しょんぼりと橇にころがりこんだ。

「だめだ！　このつぐないをすっかりつけるには、やることが多すぎる！」ぼくは叫んだ。「でも、ぼくはつぐないをつけてみせるぞ、さもなきゃ、今夜にもその場で憤死するまでだ。やってくれ！」

橇は動きだした。ぼくの頭のなかは、旋風《つむじかぜ》のようにくるめいていた。

〈やつらがひざまずいて、おれの友情を求めるだと？　そんなことがあってたまるか。そんなのは蜃気楼《しんきろう》だ、安っぽい、いやらしい、ロマンチックな、幻想的な蜃気楼だ。コモ湖畔の舞踏会と同じ伝だ。とすりゃ、どうしたってズヴェルコフに平手打ちをくわせてやらなけりゃならない！　その義務がある。してみると、きまったぞ。おれはいま、やつに平手打ちをくわすためにとんで行くんだ〉「さあ、とばしてくれ！」

馭者が手綱をぐいと引いた。

〈入って行くなり、とたんにくらわしてやろう。平手打ちの前に、前置きの形で二、三言いう必要はないかな？　ないとも！　いきなり入っていって、やってやるんだ。

やつらはみんなホールにいて、やつはオリンピアといっしょにソファに納まっていやがるだろう。オリンピアの畜生め！　あいつは一度、おれの顔を笑いやがって、おれに肘鉄《ひじてつ》をくわせやがったっけ。そうだ、オリンピアの髪を引っつかんで、それからズヴェルコフのやつは両耳をつかんで、引き倒してやれ！　いや、片方の耳だけにして、耳をつかんだまま部屋じゅう引きずりまわすのがいい。たぶん、やつらは総がかりでおれをなぐりつけて、叩き出そうとするだろうな。いや、こいつはもう確実だ。かまうもんか！　なんといっても、最初に平手打ちをくわすのは、おれのほうだからな。主導権はこっちにある。で、いわゆる名誉の掟《おきて》というやつでいうと、これがすべてなんだ。やつはもう烙印《らくいん》を押されたも同様で、どんなにおれをなぐってみたところで、決闘を申しこむ以外、平手打ちの恥辱を洗い流すことはできないんだ。やつは決闘をしなきゃならない羽目に追いこまれる。だから、きょうのところは、やつらになぐらせておけ。下司《げす》野郎めら、勝手にしやがれだ！　いちばんひどくなぐるのは、トルドリューボフだろうな。あいつは力があるし。フェルフィチキンは横から組みついてきて、きっと髪をつかみやがるだろう、こいつはまちがいない。しかし、いいさ、いいさ！　それくらい、覚悟の上だ。やつらの鈍感な頭でも、今度という今度は、ことの悲劇性をいやでも思い知るだろうさ！　やつらにドアのところまで引きずり出されながら、やつらがおれの小指一本にも値しない人間だということを、大声あげてどなってやるんだ〉「さあ、ぶっとばせ、ぶっとばしてくれ！」ぼくは馭者に向って叫んだ。馭者はぎくりと身ぶるいまでして、鞭《むち》をふりあげた。ぼくのどなり声があまりに狂気じみていたのだ。

〈明日の夜明けに決闘だ、こいつはもう決った。役所ともおさらばだ。フェルフィチキンのやつは、さっき、《お役所》といわずに、《ご役所》なんてぬかしやがったな。ところで、ピストルはどこで手に入れるかな？　くだらん！　俸給《ほうきゅう》を前借りして、買うまでさ。でも、火薬や弾丸は？　これは介添人の仕事だ。それにしても、朝までに間に合わせられるかな？　介添人をどこからつれてくる？　おれには知合いもないし……〉「くだらん！」ぼくはますますむきになって叫んだ……「くだらん！」〈行きあたりばったり、道で出合ったやつに頼むのさ。溺《おぼ》れかかったやつを見たら、水から引きあげる義務が生ずるのと同じに、そいつはおれの介添人になる義務があるんだ。いや、どんなとっぴな真似《まね》だって許されていいはずだ。そう、たとえば、あすにも役所の長官をつかまえて、介添人になってくれと頼みこんでもいい。長官だって、騎士道精神の気持からだけでも、当然それを承諾して、秘密を守るべきなんだ！　アントン・アントーヌイチは……〉

問題は、この同じ瞬間、ぼくが世界中のだれにもましてはっきりと、明確に、ぼくの想像の醜悪きわまる愚かさを、つまり楯《たて》の反面を思い浮べた点にある、しかし……

「とばすんだ、駅者、もっと、もっと、悪党、とばすんだ！」

「へい、旦那《だんな》！」いかにも農夫然とした駅者が答えた。

突然、ぼくはぞっと身内の寒くなるのをおぼえた。

〈でも、いっそ、いっそのこと……これからまっすぐ家に帰ったほうがよくないかな？　ああ、弱った！　どうして、どうしてきのう、あんなパーティに参加を申しこんだりしたんだろう！　でも、だめだ、そうはいかない！　それより、テーブルから暖炉まで、あの三時間の散歩をどうしてくれる？　そうだ、あの散歩のつぐないをすべきなのは、ほかのだれでもない、やつらに、やつらにかぎるんだ！　やつらにはこの恥辱を拭《ぬぐ》い去る義務がある！〉「とばすんだ！」

〈でも、もしやつらに警察へ突き出されたら！　いや、そこまでの勇気はないかな？　スキャンダルはこわいだろうし。でも、もしズヴェルコフがおれを軽蔑して、決闘に応じなかったら？　こいつは大いにありうることだぞ。でも、そのときは思い知らせてやる……あす、やつの出発の時刻を見はからって、駅に駆けつけ、いよいよ馬車に乗りこもうという瞬間に、やつの片足をつかんで、外套をひんむいてやるんだ。やつの手に噛みついて、傷を負わせてやる。《とくとご覧《ろう》じろ、人間、やけになったら、何をしでかすか！》というわけだ。やつがおれの頭をなぐろうと、やつらが総がかりで後からかかってこようとかまうものか。おれは見物の連中みんなに向ってどなってやるんだ。《東西《とざい》、東西《とうざい》、これなる青二才め、小生の唾《つば》を顔につけたままで、これよりチェルケス女をたぶらかしに参ります！》とな。

むろん、そうなったら何もかも終りだ！　役所なんかどこかへすっとんじまう。おれは逮捕され、裁判にかけられて、勤めを追われ、監獄に入れられて、シベリアへ流《る》刑《けい》になる。なあに、それでいい！　十五年後、監獄から出てきたら、ぼろをまとって、乞食になっても、やつのあとをつけまわしてやるだけだ。どこか地方の県庁所在地あたりで、やつを探しあてる。やつは結婚して幸福に暮している。年頃《としごろ》の娘もいるかもしれない……そしたら、おれは言ってやる。《見ろ、悪党、このおれの落ちくぼんだ頬《ほお》とぼろ服を！　おれはいっさいのものを失ったんだぞ。出世も、幸福も、芸術も、科学も、愛する女性も、何もかもきさまのために失ったんだ。さあ、ここにピストルがある。おれはこのピストルをぶっ放すためにここへ来たんだ、それから……それからきさまを許してやる》そう言って、すぐさま空へ向けてピストルをぶっ放し、あとは杳《よう》として行くえをくらますんだ……〉

ぼくは目に涙さえにじませていた。けれど同時にぼくは、こんなせりふがすべてシルヴィオ（訳注 プーシキンの『ベールキン物語』中の短編『その一発』の主人公）やレールモントフの『仮面舞踏会』からの受売りであることを、正確このうえもなく知っていた。するとふいにぼくはたまらなく恥ずかしくなった。あまりの恥ずかしさに、馬をとめて橇から降り、ぼくは通りの真ん中の雪のなかに突立った。馭者は呆気にとられて、嘆息をつきながらぼくを眺《なが》めていた。

どうしたものか？　あそこへ行くわけにもいかない――格好のつかないことになってしまった。かといって、このままにしておくわけにもいかない、なぜなら、そんなことをしたら、もう……〈ああ！　どうしてこのままにしておける！　あれほどの辱《はずか》しめを受けながら！　だめだ！〉ふたたび橇にとび乗りながら、ぼくは叫んだ。「これは前世の因縁《いんねん》みたいなもんだ、宿命なんだ！　とばせ、とばせ、あそこだ！」

心のはやるまま、ぼくは拳固《げんこ》で馭者の首筋をなぐりつけた。

「おまえさま、何をなさるね？」馭者はどなったが、それでも痩《や》せ馬に鞭をくれたので、馬は後脚を蹴《け》あげはじめた。

ぼた雪が綿毛のように降りしきっていた。ぼくは外套の前をはだけた。雪など気にしてはいられなかったのだ。平手打ちをくわせようと最後的な決心を固めた以上、ほかのことはもうぼくの眼中になかった。そして、これがまちがいなくいま、いますぐにはじまり、どんな力をもってしてもとどめえないことを、恐ろしくなるほど実感していた。さびしげな街燈《がいとう》が、葬列の炬火《たいまつ》のように、雪けむりのなかで陰気くさくまたたいていた。雪は外套の下、フロックコートやネクタイの下まで入りこんできて、そこで溶けた。けれどぼくは外套の前をかき合せようとはしなかった。どうせもう何もかも失われたのだ！　ようやくのことで、目あての家までたどりついた。ぼくはほとんどわれを忘れてとび降り、階段を駆けのぼって、両手両足でドアをがんがん叩《たた》きだした。とくに足が、膝《ひざ》のあたりが、がくんと力の抜けているのが感じられた。それでも、かなり早く開けてくれた。まるでぼくの到着を予期していたかのようだった。（事実はシーモノフが、もう一人、あとから来るかもしれないと予告しておいたのだった。だいたい、ここは前もって予告したり、万事に用心深くしなければならない場所だった。これは、いまでこそ、とうに警察に根絶やしにされてしまったが、当時盛んだったいわゆる《洋品店》のひとつだった。昼間はほんとうに店だが、晩になると紹介状をもった人間だけがお客に来られるのである。）ぼくは足早に暗い売場を抜けて、一本だけろうそくの灯《とも》った見おぼえのあるホールへ通った。そして、けげんな思いで立ちどまった。そこにだれもいなかったからである。

「連中はどこにいる？」ぼくは出てきただれかにたずねた。

しかし、もちろん、彼らはもうめいめいの部屋に入ってしまったあとだった……ぼくの前には人間が一人、おろかしい微笑を浮べて突立っていた。これは、ぼくとは多少顔見知りのこの家の女将《おかみ》だった。しばらくすると、ドアが開いて、人間がもう一人入ってきた。

何に目をくれようともせず、ぼくは部屋のなかを歩きまわった。そして、どうやら、ひとりごとを言っていたらしい。ぼくは、まるで死地から救われた思いで、その喜びを身体中で実感していた。相手さえいれば、ぼくは平手打ちをくらわしたにちがいなかった。ぜったいまちがいなく、くらわしていただろう！　ところが、いま彼らはいない……何もかも消滅して、状況はがらり変ってしまったのだ！……ぼくは周囲を見まわした。まだ納得がいかなかった。入ってきた若い娘を、ぼくは反射的に見やった。新鮮な、若々しい、いくらか青ざめた顔が目の前をかすめた。黒い眉《まゆ》がまっすぐに引かれ、まじめそうな、そして、いくらかびっくりしたような目つきをしていた。ぼくはとたんに好感をもった。もし彼女がにやにやしていたら、ぼくは彼女を憎んだにちがいない。いくぶん緊張気味に、なおも目をこらして、ぼくは彼女に見入った。まだ考えがよくまとまらなかった。この顔には何か素朴《そぼく》で、善良なものがあったが、なぜか奇妙なくらいきまじめな感じだった。このために彼女はこの店で売れ残っていて、あの馬鹿者どもも一人として目をつけなかったのに相違ない。もっとも、彼女は美人とはいえなかった。それでも背は高く、がっしりと、よく整った身体つきをしていた。服装はみすぼらしいくらい質素だった。何やらみにくいものが、ちくりとぼくの心を刺した。ぼくはまっすぐに彼女のほうへ歩み寄った……

ふと、ぼくは鏡をのぞいた。取乱したぼくの顔はいやらしさの極致だった。髪をぼさぼさにした、青白い、毒々しい、下劣な顔。〈これでいいのさ、うれしいくらいだ〉と、ぼくは思った。〈この女にいやらしいやつと思ってもらえりゃ、本望さ。ありがたい話さ……〉

6

……どこか仕切り壁の向うで、まるでだれかに強く圧《お》しつけられ、首をしめられでもしたように、時計がかすれ声を立てはじめた。ぜいぜいいうかすれ声が不自然に長くつづいてから、ちょうど、だれかがいきなり目の前にとび出してでもきたように、きんきんと甲高い、感じのわるい音が、思いがけず性急にひびいた。二時を打ったのだ。ぼくははっとわれに返った。といっても、眠っていたわけではなく、なかば放心状態で横になっていただけである。

狭苦しく、窮屈で、天井の低い部屋は、大きな洋服ダンスに場所をふさがれ、一面、ボール箱や、ぼろ布や、その他さまざまながらくた類がちらばっていて、ほとんど真暗だった。部屋の端のテーブルの上で燃えているろうそくは、いまにも消えそうで、ときたまわずかにぱっと赤くなっていた。あと数分で完全な暗黒が訪れてくるにちがいなかった。

ぼくはじきに正気を取戻した。すべてが一時に、苦労もなく、さっと思い出された。まるで、もう一度襲いかかってやろうと、ぼくを待伏せてでもいたようだった。いや、さっきまでの放心状態の間でさえ、記憶のなかには、どうしても忘れられない何かの点のようなものがいつも残っていて、それを中心に、夢ともうつつともわからぬぼくの幻覚が重苦しく回転していたのだ。それにしても奇妙なのは、この日ぼくの身の上に起ったいっさいが、いま、目ざめてからは、もう遠い遠い過去のように思え、もうそんなこととはとうの昔に縁が切れたように感じられる点だった。

頭はかっかしていた。何かが頭の上をぐるぐるまわって、ぼくの神経をかきたて、興奮させ、不安をそそっていた。憂鬱《ゆううつ》と癇癪《かんしゃく》がふたたびぼくのなかでわき返り、はけ口を探しているふうだった。ふいに、ぼくのすぐ横に、じろじろと執拗《しつよう》にぼくのことを眺めまわしている見開かれた二つの目が見えた。冷たく、無関心な、陰気な眼差《まなざ》しで、まるで無縁なもののように見え、見ていると重苦しい気持にさせられた。

陰鬱な考えがぼくの頭に生れ、湿気《しけ》た、かび臭い地下の穴蔵へ降りたときのような不快な感覚が全身をつらぬいた。この二つの目が、選《よ》りに選っていま、ぼくを眺めまわす気を起したのも、考えてみればおかしな話だった。まる二時間のあいだ、ぼくがこの人間と一言も口を利《き》かなかっただけでなく、ひとつもそれを必要と考えなかったことも思いだされた。いや、そのことまでが、さっきのぼくには何か気に入っていたのだ。ところが、いまになってぼくは、女を買うということのおよそ無意味な、蜘蛛《くも》のようにいまわしい正体を、だしぬけに目の前につきつけられた思いだった。それは、真の愛情が最後に行きつくところから、愛情もなく、粗暴に、恥知らずに、いきなりはじまるのである。ぼくらはそうやってしばらく見つめ合っていたが、ぼくの視線に出合っても彼女が目を伏せようとせず、表情を変えようともしないので、ついには、ぼくのほうが無気味にさえなってきた。

「きみの名前は？」早いところ片をつけてしまいたくて、ぼくはせきこんでたずねた。

「リーザ」彼女はささやくような声で答えたが、何かまるで無愛想な感じで、すぐに目をそむけてしまった。

ぼくはしばらく黙った。

「きょうの天気ときたら……雪で……いやらしいね！」まるでひとりごとのようにこう言うと、片手をだるそうに頭の下に支《か》って、ぼくは天井を見つめた。

彼女は答えなかった。何もかも頭にくる。

「きみはこの土地かい？」一分ほどしてから、彼女のほうにわずかに頭をまわして、怒ったようにたずねた。

「ううん」

「どこだい？」

「リガよ」気のない返事だった。

「ドイツ人かい？」

「ロシア人」

「ここには前から？」

「ここって？」

「この店さ」

「二週間」彼女の答えぶりはますます素っ気なくなった。ろうそくは完全に消えてしまって、もう彼女の顔の見分けもつかなかった。

「両親はいるのかい？」

「ええ……まあね……」

「どこにいるんだ？」

「向うよ……リガ」

「何をしてるんだい？」

「べつに……」

「べつにって？　何をしてて、身分は？」

「町人よ」

「これまでは両親といっしょだったのかい？」

「ええ」

「いくつだい？」

「二十歳《はたち》」

「どうして家を出てきたんだ？」

「べつに……」

　このべつには、うるさいからほっといて、という意味だった。二人は口をつぐんだ。

なぜぼくがそのまま帰ろうとしなかったのか、わからない。ぼく自身がしだいにむかむかとうとましい、わびしい気持になってきた。きょう一日の間に目にした物の印象が、ぼくの真意とはかかわりなく、自分勝手に記憶のなかをさまよいはじめた。ふいにぼくは、けさ方、せかせかと役所へいそぐ道で見かけた一つの光景を思いだした。

「きょう、出棺の最中に、あやうくお棺を落しそうになっていたっけ」話をはじめるつもりなど何もなかったのに、自分でもむしろ思いがけなく、ぼくはふいに声をだしていた。

「お棺？」

「ああ、センナヤ広場でね。穴蔵から運び出していたのさ」

「穴蔵から？」

「いや、穴蔵じゃない、穴蔵みたいな地下室からだ……知ってるだろう……あの辺の地下室……あいまい宿さ……まわりはひどいぬかるみでね……卵のからだの、ごみだの……ぷんと臭《にお》いがして……むかむかするようだった」

沈黙。

「こんな日に埋葬じゃたまらないな！」ただ黙っていたくないばかりに、ぼくはまた話しだした。

「何がたまらないの？」

「雪とぬかるみでさ……」（ぼくはあくびをした。）

「どうだっていいじゃない」しばらく黙っていてから、ふいに彼女が言った。

「いや、感じわるいよ……（ぼくはまたあくびをした。）墓掘人夫たちは、雪でびしょぬれだと文句たらたらだったろうし。墓穴のなかには、きっと水がたまっていただろうし」

「どうして墓穴に水なんか？」彼女はちょっと好奇心を動かしたが、言葉の調子は前よりも乱暴で、素っ気なかった。ぼくはふいに何かにかっとなってきた。

「そうさ、底に、水が、三十センチはたまるよ。ここのヴォルコヴォの墓地なんか、乾いた墓穴などひとつだって掘れやしない」

「どうして？」

「どうしてだって？　場所がじくじくしてるのさ。このあたりは、どこも沼地同然だもの。だから、水の中に棺をつけるんだよ。ぼくはこの目で見たよ……何度も……」

（ぼくは一度として見たことはなかったし、ヴォルコヴォの墓地にも一度だって行ったことはなく、ただ人の話を聞いただけだった。）

「ほんとにどうだっていいのかい、死ぬことも？」

「だって、なぜあたしが死ぬの？」自分をかばうような調子で、彼女が答えた。

「いつかはどうせ死ぬことになるさ。それも、ちょうどさっき話した死人とおんなじようにね。あれもやはり……若い娘でさ……肺病で死んだんだ」

「商売の女の子だったら、病院で死ぬんじゃないかしら……」〈この女はちゃんとも知っているな〉とぼくは考えた。〈だから、わざわざ商売の、なんて言ったんだ〉

「その娘《こ》は女将に借金があったのさ」この言いあいでよけい気が立ってきて、ぼくは言い返した。「それで、いよいよというときまで、肺病なのに、客をとらされていたんだ。近くで馭者《ぎょしゃ》や兵隊がそんな話をしていたっけ。きっと、おなじみさんだったんだろうさ。笑っていたっけ。おまけに、居酒屋に集まってあの娘のために供養《くよう》をするんだとか言ってた」（ぼくはまたかなりの嘘《うそ》を並べていた。）

沈黙、深い沈黙。彼女は身じろぎしようともしなかった。

「じゃ、病院で死ぬほうがまだましだとでもいうのかい？」

「おんなじことじゃない？……それより、どうしてあたしが死ななきゃならないの？」彼女は苛立《いらだ》たしげに言いたした。

「いまじゃなくって、あとでもかい？」

「あとでもよ……」

「そうはいかないさ！　いまなら、きみも若くて、きれいで、いきがよくてさ、それだけに値踏みしてもらえるけど。こんな生活をあと一年もつづけていたら、きみもすっかり変って、しなびてしまうのさ」

「一年ぐらいで？」

「すくなくとも、一年したら、きみの相場はいまよりさがってくる」ぼくは意地の悪いよろこびをおぼえながらつづけた。「ここにもいられなくなって、もっと格の低い、別の家に移らなきゃならなくなる。それからまた一年経《た》つと、また次の家に変って、だんだんと低いところへ落ちていく。で、七年もしたら、センナヤ広場の穴蔵まで行きつくのさ。それでもまだましなほうでね、そこへもってきて、おまけに、悪い病気でも背負いこむとか、まあ、胸を悪くするとかなったら、ことだぜ……風邪をこじらせることだってあるだろうし、ほかにもいろいろあるもの。こういう生活をつづけてると、病気もなおりにくいのさ。とっつかれたが最後、もう離れない。あげく、死ぬことになるんだな」

「なら、死んでやるわ」彼女はもうはっきりと敵意をこめて答え、びくりと身を動かした。

「でも、かわいそうだな」

「だれが？」

「人間ひとりの生命《いのち》がさ」

沈黙。

「きみにはフィアンセがいたかい？　ええ？」

「なんでそんなこと聞くの？」

「いや、ぼくは訊問《じんもん》をしてるわけじゃないよ。なんでということもない。どうして怒るのさ？　きみにはきみで、もちろん、つらいことがあったろうさ。そんなことは、ぼくには関《かか》わりがない。ただ、やっぱりかわいそうなんだな」

「だれが？」

「きみがかわいそうなのさ」

「けっこうよ」ほとんど聞えるか聞えないかの声でこうささやくと、彼女はまた身体《からだ》を動かした。

この言い方に、ぼくはまたむっときた。なんということだ！　人がこれだけ親身になっているのに、この女ときたら……

「いったいきみはどう考えているんだ？　こういう行き方でいいとでもいうのかい、ええ？」

「あたしは何も考えちゃいないわ」

「それがいけないんだ、何も考えちゃいないというのが。手おくれにならないうちに、思い直せよ。まだ間に合う。きみはまだ若いし、顔もきれいだ。恋だってできるし、結婚することだって、幸福になることだってできる……」

「結婚したって、みなが幸福になれるとはかぎらないわ」相変らずの乱暴な早口で彼女はぴしゃりと言いきった。

「そりゃ、みながとはかぎらないさ。でも、ここにいるよりは、やはりずっとましだぜ。比べものにならないくらいいいさ。それに愛情があれば、幸福なしでも生きていける。たとえ不幸だって、人生はいいものさ。どんな暮しだって、世のなかで生きていくのはいいものだよ。ところが、ここはどうだ。あるものといえば……悪臭だけじゃないか。ちえっ！」

ぼくは嫌悪《けんお》の情もあらわに顔をそむけてみせた。ぼくはもう冷やかに理屈をこねているだけではなかった。自分でも自分のしゃべっていることに実感がもててきて、熱していた。ぼくはもう、あの片隅《かたすみ》で体験した取っておきの思想を述べたてたくて、うずうずしていた。何かがふいにぼくの内部で燃えあがりでもしたように、ある種の目的が《啓示》された。

「ぼくがここに来てることにこだわるんじゃないぜ。ぼくを手本にすることはないんだ。ぼくは、きみより悪い人間かもしれないんだし。もっとも、ぼくは酔った勢いでここへしけこんだんだけど」それでもやはり、ぼくはいそいで弁解を試みた。「それに男は女の手本にはならないのさ。事情がちがうんだ。そりゃ、ぼくは自分で自分を傷つけて、けがしちゃいるけど、そのかわり、だれの奴隷《どれい》でもありゃしない。どこへどう行こうと、自分の勝手さ。こんな穢《けが》れなんか、塵《ちり》でも払うようにぱんぱんとはたいてしまえば、それまでなんだ。ところが、きみのほうは、そもそもの最初から、奴隷ときている。そう、奴隷なのさ！　きみはすべてを、いっさいの自由を渡してしまっている。で、後からその鎖を引きちぎりたいと思っても、もうそうはいかない。鎖はますます強くきみにからみつくだけなのさ。呪《のろ》わしいこの鎖は、そういうどうしようもないものなんだ。ぼくは知ってるよ。ほかのことについちゃ、もう話すまい。話したって、きみにはわからないだろうしね。だけど、言ってごらん、きみはまちがいなく女将に借金があるだろう？　そら、見たことじゃない！」ぼくはこう言いそえた。その実、彼女は何も答えたわけでなく、ただ黙りこくったまま、全身を耳にして聞いていただけだったのだ。「それが鎖なんだよ！　ぜったいに足を抜けやしない。そう仕向けられちまうんだ。悪魔に魂を売ったのと同じさ……」

「……それに、ぼくにしたって……やはり同じように不幸なのかもしれないしね、わかりゃしないさ。それで、悲しいから、わざと泥沼《どろぬま》に足を突っこみにくるんだ。だって、自棄酒《やけざけ》を飲む連中がいるだろう。それと同じことで、ぼくは自棄をまぎらしに、ここへやってくるのさ。だって、そうだろう、ここに来て、何がいいことがあるんだ。現に、ぼくときみにしたって……いまさっき……結ばれ合ったくせして……その間ずっと、一言だって言葉をかわしたわけじゃない。そのあげく、きみは、まるで野獣みたいに、じろじろとぼくを見まわしはじめる始末だ。ぼくのほうも同じだ。こんな愛し方ってあるかい？　人と人とはこんなふうに結ばれなきゃいけないのかい？　こいつは醜悪以外の何でもありゃしない、そうなのさ！」

「そうよ！」彼女ははげしくせきこんだ調子で、ふいに相槌《あいづち》を打った。この「そうよ」の性急な調子は思わずぼくをぎょっとさせた。してみると、彼女の頭にも、さっきぼくをじろじろと眺《なが》めまわしている間、これと同じ考えが浮んでいたのだろう。してみれば、彼女も何か考えることができるというわけなのか？……〈ほほう、こいつはおもしろい、似たもの同士というわけだ〉ほくそえまんばかりになって、ぼくは考えた。〈そうとも、こんな若い娘の気持ぐらい、どうとでもできるだろうさ……〉

何よりぼくの気をそそったのは演技だった。

彼女はぼくのほうに頭を近寄せ、暗闇《くらやみ》のなかで見定めることはできなかったが、どうやら頬杖《ほおづえ》をついたらしかった。おそらく、ぼくを眺めまわしていたのだろう。彼女の目を見定めることができないのが、どんなに口惜《くや》しかったことか。ぼくは彼女の深い息づかいを聞いた。

「どうしてきみはこの町に出てきたんだい?」ぼくはもういくらか威厳をおびた調子ではじめた。

「べつに……」

「だって、親父《おやじ》さんの家で暮していたほうがよほどよかったろうにさ。あたたかくて、気楽で、なんといったって、自分の巣だものな」

「でも、それほどよくなかったら?」

〈うまく調子を合わせないといけないぞ〉こんな考えがちらと頭をかすめた。〈センチメンタリズムじゃ、たいした効果はあがりそうにない〉

もっとも、これは、ただちらと頭をかすめただけだった。誓っていうが、この女は実際にぼくの関心を惹《ひ》きはじめていたのだ。そのうえ、ぼくは妙に涙もろい、感傷的な気分になっていた。というより、人をたぶらかす行為は、けっこう感傷癖と両立するものなのだ。

「そりゃわからないさ!」ぼくはせきこんで答えた。「世のなかにはいろんなことがあるからね。たとえば、ぼくなんか、きみはだれかに辱《はずか》しめられたにちがいないと思っている。それで悪いのはきみのほうじゃなくて、むしろみんなのほうなんだ。ぼくは、きみの身の上を何ひとつ知っているわけじゃないけど、きみのような娘さんは、何も自分から好きこのんでこんなところへ来るものじゃないものね……」

「あたしが娘さんですって?」ほとんど聞きとれないほどの声で彼女はささやいたが、ぼくはその言葉を聞きわけた。

〈畜生、おれはおべっかなんか使ってるぞ。実にけがらわしい。でも、ことによったら、それでいいのかな……〉彼女は無言だった。

「いいかい、リーザ、ひとつ自分のことを話してみるよ! もし子供の時分から、ぼくに家庭があったら、ぼくは、いまみたいな人間にはならなかったと思うのさ。これはよく考えることなんだ。だって、家庭のなかがどんなにうまくいっていなくても、やはり父母となれば、他人とはちがって、仇敵《かたき》じゃない。せめて一年に一度くらいでも、愛情を示してくれるだろうさ。なんといったって、自分の家にいるんだ、という自覚がある。ところが、ぼくは家庭を知らずに大きくなった。まちがいなく、そのおかげで、ぼくはこんな人間になっちまったんだ……こんな情なしにね」

ぼくはまたしばらく相手の出方を待った。

〈たぶん、わかりもすまい〉とぼくは考えた。〈それに滑稽《こっけい》だよ、お説教をはじめるなんて〉

「もしぼくが父親で、自分の娘をもっていたとしたら、きっとぼくは、息子たちより娘のほうをよけいに可愛《かわい》がったと思うな、ほんとの話」ぼくは、彼女の気をまぎらそうと思って、何くわぬ顔で、遠まわしにはじめた。白状すると、ぼくは赤くなっていた。

「どうしてなの？」彼女がたずねた。

おや、してみると、聞いているんだな！

「いや、わからないけどね、リーザ。でも、ぼくの知っているある父親はね、厳格で、気性のはげしい男だったけど、娘の前に出ると、ひざまずかんばかりでさ、手や足に接吻《せっぷん》して、いくら眺めていても眺めあきないというふうなのさ、ほんとに。娘が夜会でダンスをしていると、父親は五時間もひとつ所に立ちづめで、娘から目を離そうともしない。娘にいかれてしまっているんだ。ぼくにはわかるよ。夜になって、娘が疲れて、眠ってしまうと、やっこさん、目をさまして、寝ている娘に接吻して、十字を切ってやろうと、のこのこ起きだして行く。ご当人は垢《あか》じみたフロックの着たきり雀《すずめ》で、だれに対してもけちけちしているのに、娘のためには、なけなしの金をはたいても、豪華なプレゼントを買ってやってさ、そのプレゼントが気に入ってさえもらえれば、うれしくて仕方がないんだ。父親というのは、きまって母親よりも、娘を可愛がるものなんだな。だから、娘たちのなかには、家で暮すのが楽しくてならない連中も出てくるんだよ！　ぼくなんか、娘がいたら、まず嫁にもやりゃしないだろうな」

「でも、どうして？」かすかに薄笑いを浮べて、彼女はたずねた。

「やきもちを焼くからさ、まちがいなく。だって、娘がほかの男に接吻するなんて？　赤の他人を父親よりもよけいに愛するなんて？　許せることかい？　そんなことは、想像するだけでもつらいことだよ。もちろん、こんなことはくだらないことさ。だれだって、最後には正気を取戻すにきまっている。でも、ぼくなんかは、たぶん、娘を嫁にやるまえに、その気苦労だけでくたくたになってしまうと思うな。花婿《はなむこ》候補を片端から落第にしてしまうよ。でも、なんといっても、結局、最後には、娘が自分で惚《ほ》れた男のところへ嫁にやるようになるのさ。ところが、娘が自分で惚れた男というのは、父親の目にはいつだっていちばんつまらない男に見えるものだ。これはたしかなことでね。それがもとで、家庭内のいろいろなごたごたが絶えないのさ」

「だけど、なかには喜んで娘を売る親だっているわ。ちゃんと嫁にやるどころか」だしぬけに彼女が口走った。

ははん！　そういうわけだったのか！

「それはね、リーザ、神さまもなければ愛情もない、呪われた家庭の話なんだよ」ぼくは熱っぽく引きとった。「で、愛情がなければ、分別というものもなくなってしまう。たしかに、そういう家庭もあるにはちがいないけど、ぼくの話しているのはそういう家庭のことじゃない。きみは、たぶん、家にいてもたのしい目を見られなかったので、それでそんな口をきくんだね。きみはほんとうに不仕合せな身の上なのさ。うん……たいていは貧乏がもとでそうなるものだけれど」

「じゃ、お金持ちならいいってこと？　貧乏だって、まじめな人はちゃんと暮してるわ」

「うん……まあね。そうかもしれない。でも、リーザ、また言うけどね、人間というものは、不幸のほうだけを並べたてて、幸福のほうは数えようとしないものなんだ。ちゃんと数えてみさえすれば、だれにだって幸福が授かっていることが、すぐわかるはずなのにね。たとえばさ、神さまの祝福を受けて、家内が万事うまくいって、よい夫が授かって、きみを愛してくれて、下にも置かないくらいにしてくれたら！　そういう家庭なら文句はないだろう！　たとえ、不幸と半々にしたって、いいよ。だって、不幸のないところなんてあるわけがないしさ。きみも嫁に行ってみたら、自分でわかるよ。でも、それはそれとしてさ、好きな男のところへ嫁に行った、当座の間だけのことでも考えてごらん。幸福、幸福で、数えきれないほどの幸福がやってくる！　しかも、まるで切れ目もなしにね。結婚当座は、夫婦喧嘩《げんか》だってまるくおさまるものさ。夫を愛していればいるほど、よけいに喧嘩をしてしまう女もいるくらいだ。ほんとに、そんな女がいたっけ。『いい？　とっても好きなのよ。愛してるからこそ、あんたをいじめたくなるんだわ。そこのところをよく感じてちょうだいね』というわけだった。いいかい、愛情ゆえにわざと相手をいじめることだって、あるのさ。たいていは女だけれどね。それで自分じゃ、『そのかわり、あとでうんと愛して、やさしくしてあげるんだから、いますこしくらいいじめたって、悪いことなんかないわ』と思っている。家のものたちも、そんなきみの様子を見て、よろこんでくれる。何もかもすてきで、楽しくて、平和で、心やすらかなのさ……なるほど、なかには嫉妬《しっと》深い女もいる。夫がどこかへ出かけると、ぼくはそういう女も知っているけどね、じっとしていられなくって、真夜中でも外へとび出して、あそこにいるのじゃないか、あの家に行っているのじゃないか、あの女といっしょじゃないか、と、こっそり様子を見に駆けだすんだ。こいつはいただけないな。いや、その女自身、それがいけないことと知っているし、心臓がしびれて、地獄の苦しみなんだ。だって、愛しているんだもの。何もかも愛ゆえなのさ。でも、喧嘩のあとの仲直り、自分から謝ったり、許してやったりする気持のよさはまた格別でね！　二人とも、実にいい気分で、しかも、それがだしぬけにそうなるのさ。まるで、最初の出合いがまた訪れてきたような、もう一度結婚式をしなおしたような、ふたたび新しい恋愛がはじまったような思いだ。夫婦の間のことっていうのは、二人が愛しあっていたら、ぜったいだれにも、だれにも知ることはできないんだよ。二人の間に、どんないさかいが持ちあがったって、親身の母親にだって仲裁を頼むわけにはいかないし、おたがいの間のことは、いっさい他人には話すべきでもないんだ。夫婦は自分が自分の裁き手なのさ。愛は、神のみが知る秘密でね、たとえ何が起ろうと、他人の目からはかくしておかなければならないものなんだ。そうすることで、愛はいっそう神聖な、すばらしいものになる。おたがいへの尊敬も増してくる。で、この尊敬というやつがあれば、その上に、また、いろいろなことが築きあげられるしね。だいたい愛があって、愛情で結ばれた間なら、どうして愛をなくしたりできるんだ！　愛をもちつづけていけないわけがないだろう？　もちつづけていけないなんていうのは、ほんの例外的な場合だよ。だって、親切で誠実な夫が授かったのだったら、愛がなくなってしまう道理がないじゃないか？　なるほど、新婚当時のような愛は消えるかもしれないけど、そのあとには、もっとすばらしい愛がやってくる。こんどは心と心がひとつになって、どんなことでも話しあいで決めていくことになるし、おたがいの間に秘密というものがなくなってしまうんだ、そのうちには子供も生れて、そうなれば、どんなつらいときでも幸福を感じられるようになる。ただ愛しあって、勇気をもってさえいられればいいのさ。そうなれば、つらい仕事も楽しいし、ときには子供のために食うものも食わずにいるようなことがあっても、それがまた楽しいんだ。だって、それあればこそ、いつかは子供たちから愛してもらえるんだもの。つまり、自分のために貯金しているのと同じ道理なのさ。子供たちが大きくなれば、自分が子供たちの手本でもあり、支えでもあると感ずるようになるし、たとえ自分は死んでも、子供たちが生涯《しょうがい》、自分の感情や考えをもちつづけてくれると実感できる。なぜって、顔かたちを受けつぐように、そういうものをきみから受けついでいくわけなんだから。つまり、これは大きな貸しなんだよ。だとしたら、父親と母親はいっそうぴったりと結びつかなけりゃならない道理じゃないか？ ところが、子供をもつのはつらいことだなんて、言うものがある。そんなことがあるものか！ これは天国のようなしあわせだよ！ きみは幼い子供が好きかい、リーザ？ ぼくはたまらなく好きだよ。どうだい、ばら色の肌《はだ》をした男の子が、きみの乳首を吸っている、自分の子供が妻といっしょにいる姿を眺めたら、どんな男の心だって妻に傾くにきまっているさ！　ばら色のふっくらした男の子が、のびのびと体をのばして、うっとりしている。むちむちした手足、きれいな、ちっちゃな爪《つめ》、うんと小さくって、見ていると笑えてきそうな小さい目、それがもう、まるで何もかも心得ているといわんばかりの表情を浮べているんだ。乳を吸っては、かわいらしい手で、きみの乳首をいじくりまわして、おもちゃにする。父親が近づくと、乳首をはなして、全身をそっくり返らせて、父親を見ては、にこにこする。ほんとにもうおかしくて、おかしくてたまらないというふうなんだ。で、それから、また一心に乳首にしゃぶりつく。かと思えば、そろそろ歯が生えかけてくると、いきなり母親の乳首に嚙《か》みついて、母親の顔を横目に見やりながら、『ほら、嚙んでやったぞ！』と言わんばかりだ。ほんとに、夫と妻と赤ん坊の三人で暮していたら、何もかも幸福でしかたがないのじゃないかな？　こういう瞬間のためだったら、なんでも許すことができるわけさ。いや、リーザ、つまり、まず自分が生きることを学ぶべきで、人を責めるのはそれからにすべきなのさ！」

〈こういう美しい絵でもって、こういう絵でもって、おまえをおびきだしてやるわけだ〉ふと、ぼくは腹のなかで思った。といっても、誓っていうが、ぼくは真情をこめて話していたのだ。そして突然、顔を赤らめた。〈でも、もし彼女がふいに大声をあげて笑いだしたらどうしよう、どこへ逃げこめばいいだろう?〉この考えは、ぼくをかっとさせた。話の終りごろ、自分が本気で熱中してしまったのが、いまになってみると、自尊心を傷つけられたように思えてきた。沈黙が長びいた。ぼくは彼女をこづいてさえやりたくなった。

「なんだかあなたは……」だしぬけにこう言いかけて、彼女は口をつぐんだ。

しかし、ぼくにはもうすっかりわかっていた。彼女の声には、もう何か別の調子がひびいていた。さっきまでの荒々しい、乱暴な、向う気の強さとは打ってかわって、何かものやわらかで、恥ずかしげなものがひびきはじめていたのだ。それがあまりにも恥ずかしそうなので、思わずぼく自身まで、彼女に対して何かうしろめたい、恥ずかしい気持にかられたほどだった。

「どうしたんだい?」ぼくはやさしい関心を見せてたずねた。

「だって、あなたは……」

「なにさ?」

「なんだか、あなたは……まるで本を読んでるみたいで」彼女はこうつぶやいた。そして、その声にはまたしても何やら嘲笑《ちょうしょう》に似た調子が聞えた。

この言いかたに、ぼくは痛いところをつかれた思いだった。こんな言葉が返ってこようとは予期してもいなかった。

ぼくには、彼女がことさら嘲笑的な口調のかげに身をかくそうとしたことがわからなかったのだ。純情で羞恥心《しゅうちしん》の強い人間が、ずかずかと無遠慮に内心に踏みこんでこられたとき、それでも誇りの気持から最後の瞬間まで屈しようとはせず、自分の本心をさらけだすのを恐れている場合、ふつう、こういう奥の手を使うものだということがわからなかったのだ。彼女があの嘲笑を口にしたとき、何度もためらいながら、そのあげくにようやく口にする決心をつけたらしい、あのおずおずとした様子ひとつからだけでも、ぼくは察してやるべきだったのに。しかし、ぼくは察してやらなかった、そして、はげしい憎悪《ぞうお》がむらむらと頭をもたげてきた。

《よし、見ていろ》とぼくは考えた。

7

「ええ、やめてくれ、リーザ、ぼく自身、他人《ひと》ごとながらいまわしくてならないのに、本がどうのなんて、よくも言えたものさ。いや、他人ごとどころじゃない。これは何もかも、たったいまぼくの心に目ざめたことなんだ……ほんとに、ほんとにきみはこんなところにいて、自分でいまわしいと思わないのかい？　いや、きっと、習慣の力というやつが大きいんだろうな！　まったく、習慣てやつは、人間をどんなふうにもしてしまうものなんだ。それにしても、きみは、けっして年をとらない、いつまでも美しくいられる、永久にここに置いてもらえるなんて、本気で考えているのかい？　そりゃ、この家だって、穢《けがら》わしいところにはちがいないけど、それはもう言わないよ……いや、といっても、ぼくが話すのはやはりそのことかな。きみのいまの暮しぶりのことかな。たしかにいまのきみは若くて、かわいくて、きれいで、魂もあれば、感情ももっている。でも、わかるかい、現にこのぼくにしても、さっき目のさめたときには、ここにきみといるのが、たまらなくいやになってきたんだ！　酔った勢いででもなけりゃ、こんなところには足も踏み入れまいさ。でも、もしきみがほかの場所にいて、ちゃんとした人並の暮しをしていたら、ぼくだって、もしかしたら、きみの尻《しり》を追いまわすどころか、本気に惚れこんでしまって、たとえ言葉をかけてもらえなくても、きみに見つめてもらえるだけで、うれしくてならないかもしれない。門の前できみを待ち伏せたり、きみの前にひざまずいたりすることだろうさ。自分のフィアンセを見るような目できみを眺めて、それを光栄に思うことだろうさ。きみのことで不純な考えなんて、もつこともできないだろう。ところが、ここにいたのでは、ぼくが口笛ひとつ吹けば、きみは否《いや》でも応でもぼくのあとについてこなくちゃならない。ぼくがきみの意志を忖度《そんたく》するなんてことはないのに、きみのほうじゃ、ぼくの意志どおりに動かなくちゃならない。どんな貧乏な農夫が作男に雇われたって、けっして自分の魂まで借金のかたに置くわけじゃないし、それに、期限のあることを承知している。ところが、きみには期限があるのかい？　考えてもごらんよ、きみはここに何をあずけたと思うんだ？　何を借金のかたに置いたんだ？　魂だよ、自分の魂を、きみの手のとどかないものにして、肉体といっしょに借金のかたに置いちまったんだ！　きみの愛を、世の酔っぱらいどもに唾《つば》を吐きかけられるために差しだしたんだ！　愛だぜ！　愛こそすべてじゃないか、乙女の宝、ダイアモンドだよ！　だって、この愛を得ようために、自分で自分に手をかけて、死をえらぶものだってあるんだからな。ところが、きみの愛は、いまいくらに値踏みされているんだい？　きみはまるごと、すっかり買われちまう。そうとなれば、何を好んで愛を得ようなどとするものかい、愛なんかなくても、何でもできるというのにさ。そうさ、娘にとってこれ以上に手ひどい侮辱があるものか、わかるだろう？　そういえば、きみらは馬鹿《ばか》だもんだから、ここで情人《おとこ》をもつことを許してもらって、それをせめてもの気休めにしているそうじゃないか。そんなのは、ただの子供だましのごまかしでさ、およそきみらを愚弄《ぐろう》した話なのに、きみらときたら、それを真に受けている。だいたい、そんな情人が、ほんとにきみを愛してると思うのかい？　まさかね。いまにもほかのお客に呼びつけられて行ってしまうかもしれないような女を、だれが本気で愛したりするものか。そんなことができたら、そいつは破廉恥漢《はれんちかん》さ！　そいつが露ほどでもきみを尊敬しているかい？　きみとそいつとに共通のものがあるのかい？　そいつはきみを笑いものにしてさ、きみを骨までしゃぶってやろうというだけなのさ。そんなやつの愛情なんて、それだけのことだよ。それでも、ぶたれないだけましだがね。いや、ぶたれてもいるかな。きみにもしそんな情人がいたら、聞いてごらんよ、わたしと結婚してくれるかって？　まあ、面と向って笑いとばされるくらいが落ちさ。いや、ひょっとしたら、そのうえ唾を引っかけられて、なぐりつけられるかもしれない。しかも、そいつ自身は、一文の値打ちもない男ときているんだからな。それよりきみは、いったい何のために、こんなところで人生をめちゃめちゃにしてしまったんだい？　どうしてここではきみにコーヒーを飲ませてくれたり、うまいものを腹一杯食わせてくれたりするんだい？　何のためにそうだよ、何のために食わせてくれるのさ？　ほかの、まともな女の子なら、めに食いものをあてがわれるのか知っていたら、そんな食いものは喉《のど》も通らないだろうさ。きみはここに借金がある、その借金はいつまでもずっとつづいて、とどのつまり、お客がきみに鼻汁も引っかけなくなるときまで、返しようがないのさ。しかも、それは先の話じゃない。若いからって安心はできないぜ。こいつは駅馬車みたいな早さですっ飛んでくるものなんだから。そうして、きみは叩《たた》き出される。いや、ただ叩き出されるだけじゃない、その前にまず長いことさんざ嫌味《いやみ》を言われたり、叱言《こごと》を言われたり、罵《ののし》られたりしてからなのさ。まるできみが自分の健康を女将《おかみ》に捧《ささ》げて、女将のために若さも魂も台なしにしてしまったのじゃなくって、それこそきみが女将を破産させて、無一物で路頭に迷わせでもしたように言われるのさ。しかも、きみの肩をもってくれるものなんか、出てきっこない。ほかの朋輩《ほうばい》連中までが、女将のご機嫌《きげん》を取結ぼうと、きみに食ってかかるのさ。なぜって、ここにいるのはみんな奴隷《どれい》で、良心も人情もとうになくした連中ばかりなんだから。すさまじいまであさましくなっていて、こういう連中の悪口雑言ぐらいけがらわしくて、下劣で、意地の悪いものは、この世にまたとないほどなのさ。要するに、きみは、ここにいっさいを捧げつくしちまうんだよ。健康も、若さも、美しさも、希望も、いっさいを無条件でね。そして、二十二だというのに、もう三十五にも見える。それでも、病気を背負いこまなけりゃ、まだしもかな。せいぜいそのことを神さまにお願いするんだな。たぶんきみは、それでも考えてるかもしれない、いまは仕事もしないで、ぶらぶらしていられる身分だとね！　しかしね、これ以上につらい、懲役のような仕事は、この世のなかにありゃしないし、これまでにもあったためしがないのさ。心なんて、涙を流しつくして、干上っちまうだろうさ。それに、ここから追いだされるときだって、ひと言、いや、半言の口答えだってできやしない。まるで悪いことでもしたように、しょんぼり出て行かなきゃならないんだ。それからきみは別の家に移る、それから、まだあちこち転々としたあげく、最後に行きつくのがセンナヤ広場だ。で、そこへ行ったら、もうしょっちゅうなぐられどおしだ。これは、あそこのあいさつ代りでね、客だって、まず女を叩きのめしてからじゃなくっちゃ、抱こうともしないんだ。あそこがどんなにひどいところか、本気にできないかもしれないな。だったら、いつか行って、自分の目でよく見てくることさ。現にぼくも、一度、新年のときだっけ、あそこで一人の女が戸口に出てるのを見かけたことがあるよ。そいつは、あんまりわあわあ泣きわめくんで、朋輩の手で外へ突き出されて、戸を閉められてしまったのさ、ちょっとばかり凍えさせてやれというわけでね。まだ朝の九時だというのに、その女はもうすっかり酔っぱらっていて、髪はぼうぼうだし、半裸の身体《からだ》には一面なぐられた痕《あと》がついていたっけ。そのくせ、顔はまっ白に塗りたくって、目にはくま取りなんかしている。鼻と口からは血が流れている。どこかの馭者《ぎょしゃ》にたったいまなぐりつけられたところなのさ。その女は石の階段に坐《すわ》りこんで、手には魚の干物かなんか持っていたっけ。大声あげて泣きわめきながら、ぶつくさと自分の《ふしあわせ》を訴えちゃ、その干物の魚で石段を叩いているんだよ。すると、昇降口の上のところには、馭者だの酔っぱらいの兵隊だのが集まって、さかんに女をからかっている。本気にしないだろうな、きみもそんなふうになるだなんて？　ぼくだって本気にはしたくないさ。でも、わかりゃしないぜ、十年、いや、八年前、干物の魚をもったその女がここへやって来たときには、まるで天使のように生き生きした、純潔無垢《むく》な女だったかもしれないんだからな。悪いことなんか何も知らないでさ、何か口に出すたびに顔を赤らめていたのかもしれないんだ。ちょうどきみと同じようにさ、気位が高くって、怒りんぼで、ほかの女とはちがうんだとばかり、女王さま気取りでいて、自分を愛した男には、それから、自分が愛してやった男には、このうえもないしあわせが約束されると思いこんでいたかもしれないんだ。ところが、その結末はどうだい？　いや、それより、ほかでもないあの瞬間、つまり、その女が酔って、髪を乱して、例の魚で階段を叩いていたあの瞬間に、もし彼女が以前の清純な時代を思いだしたのだったら、どうだろう？　まだ父親の家で、学校に通っていた時分、隣の息子が道で彼女を待伏せては、生涯きみを愛しつづけるよ、ぼくの運命はきみのものだと口説いたこと、そして、二人で永遠の愛を誓いあって、成人したらすぐにも結婚しようと約束したことなんかをさ！　いや、リーザ、もしきみがあの片隅《かたすみ》で、どこかの穴蔵で、さっきの話の女の子みたいに、肺病でさっさと死んでいけたら、そりゃきみにとって、すばらしい幸福だよ。病院に行く、というのかい？　いいさ、連れていってもらえたら。でも、きみがまだ女将に必要だとしたら？　肺病というのは、そういう病気でさ、熱病とはちがうんだ。この病気にかかると、人間、いよいよのときまで希望をもちつづけていてさ、自分は健康だと言うものなんだ。自分で自分を慰めているのさ。そこがまた女将にはつけ目なんだな。なに、心配しなくたっていい、そのとおりなんだから。だって、魂を売り渡してしまったうえに、借金までしてるんだから、ぐうの音《ね》も出せないわけなのさ。それでいよいよ死にそうになったら、もうだれもきみのことなんかほうり出して、見向きもしようとしない。なぜって、もうきみは一文にもならないんだものね。それどころか、なかなかくたばろうとしないで、むだに場所をふさいでいやがるとか、嫌味を言われるのが落ちなのさ。水がほしいといったって、すぐにはくれやしない。『このあまめ、いつになったらくたばるんだい。うんうん呻《うめ》くから、眠ることもできやしないし、お客さんだって気色がわるいとさ』とか悪口を叩かれたうえで、やっと恵んでもらえるのさ。

これは確実だよ。ぼく自身、そういう言葉を盗み聞いたことがあるもの。で、息もたえだえのきみは、穴蔵の奥のいちばん悪臭のこもっている隅に押しこまれる。暗くって、じめじめしてる。で、そうなったら、ひとりで横になりながら、きみは何を考えると思う？　それで、いよいよ死んでしまえば、赤の他人が寄り集まって、ぶつくさ文句をいいながら、さもじれったそうに、さっさと片付けにかかる寸法さ。だれもきみを祝福するものなんていない、溜息《ためいき》ひとつついてくれるものもいない、ただもう早いところ厄介払《やっかいばら》いをしたいという気持だけだ。安物の棺桶《かんおけ》を買ってきて、ちょうどきょう、あのかわいそうな娘を送りだしたように送りだして、居酒屋へ供養《くよう》をしに行くのさ。墓場はじとじとしてて、ぬかるみで、ぼた雪が降っている。きみなんかのためにお天気が遠慮するわけもないだろう？　『さあ降ろすんだ、ワニューハ。まあ、こうなる運命なんだな。この女、ここへ来てまで、逆さまに落っこちて行きやがったぜ。縄《なわ》をちぢめろよ、こん畜生め』——『このままだって、いいじゃねえか』——『なにがいいだと？　だって、横倒しになってるんだぜ。これだって人間だったんだからな。でも、まあいいや、土をかけな』きみなんかのことでは、長いこと文句をいう気さえしないのさ。で、早々にじくじくした青黒い土をかけて、居酒屋に行っちまう……これで一巻の終り、きみのことをおぼえてる者はこの世に一人もなくなってしまう寸法さ。ほかの墓には、子供や、父親や、夫たちが訪ねてもくるだろうけれど、きみは涙にも、溜息にも、供養にも縁がなくて、この世界でだれひとり、けっしてきみを訪れてくれることがないのさ。まるで、きみなんかもともとこの世界にいなかった、いや、生れ合わさなかったみたいにね！　あたりは泥《どろ》と沼ばかり、まあ、毎夜、死人が起きだす時刻に、棺の蓋《ふた》でもとんとん叩いて、せいぜいひとりごとでも言うんだな。『みなさん、どうかここから出してくださいな、ちょっとの間でもいいから、人間らしい暮しをさせてくださいな。生きてはいても、あたしは人生を知らなかったんですよ。あたしの人生はぼろ雑巾《ぞうきん》みたいにされちまって、センナヤ広場の居酒屋で、酒といっしょに飲まれちまったんですよ。どうか、みなさん、もう一度あたしに世のなかでいい目を見させてくださいな！……』」

ぼくは感動にかられ、いまにも喉がひきつりそうな思いだった、だが……ふいに、ぼくは言葉を切って、ぎくりとしたように上体を起すと、こわごわ首をかしげて、心臓の高鳴りを感じながら、じっと耳を澄ましはじめた。ぼくがこんな狼狽《ろうばい》ぶりをみせたのには、それだけの理由があったのだ。

ぼくはもうだいぶ前から、ぼくが彼女の魂をひっくり返し、その心を打ち砕いてしまったことを予感していた。そして、そのことを確信すればするほど、すこしでも早く、またできるかぎり力強く目的を達したくなった。演技が、演技がぼくを夢中にさせたのである。もっとも、演技だけではなかったが……

ぼくは自分の話し方がぎこちなく、作りものじみていて、書物臭い感じさえするのを、つまり、一口にいえば、《まるで本を読んでるみたい》な話しぶりしかできないのを知っていた。しかし、このことはたいして気にならなかった。ぼくは、これで相手にわかってもらえる自信があったし、この書物臭いところがかえって効果的に働くかもしれないとも予感していたのだ。ところが、その効果があらわれたいま、ぼくはふいに怖気《おじけ》づいたのだった。ほんとうに一度として、一度として、ぼくはこれほどに深い絶望の光景を目《ま》のあたりにしたことはなかった！　女は、顔をぴったりと枕《まくら》に押当て、両方の手で頭をかかえて、うつ伏せに横たわっていた。胸が張り裂けそうだったのだ。彼女の若々しい肉体は、まるでけいれんに襲われたように、ぴくぴくと震えていた。こみあげてきた慟哭《どうこく》が、胸を圧《お》さえつけ、引き裂かんばかりだったが、ふいにけたたましい号泣となって、外へほとばしり出た。すると、彼女はさらに強く枕に顔を埋めた。この家のだれにも、ただの一人にも、自分の苦しみと涙を知られたくなかったのだ。彼女は枕を嚙みしめ、血の出るまで自分の手を嚙んだ（ぼくは後になってそれを見た）、かと思うと、ほつれ乱れた髪をきりきりと指にからめて、そのまま息を殺し、歯をくいしばって、じっと動こうとしないのだった。ぼくは、彼女の気をしずめてやろうと、何かの言葉を口に出しかけたが、とてもぼくの力にはあまるような予感にとらわれ、ぼく自身、ふいに悪寒《おかん》に襲われたように、ほとんど恐怖に近いものを感じながら、手さぐりで、そそくさと帰り支度にかかった。あたりは暗くて、どんなに躍起になっても、そう早くは身支度を終えることができなかった。ふとぼくは、マッチ箱と、まだ真新しいろうそくを立てた燭台《しょくだい》に手をふれた。ろうそくの灯《ひ》が部屋のなかを照らしだすが早いか、リーザはふいにとび起きて、妙にゆがんだ顔に半狂乱のような微笑を浮べながら、その場に腰をおろし、うつけたようにぼくの顔を見つめだした。ぼくは彼女の横に坐って、その手を取った。彼女はわれに返って、ぼくにとびつき、ぼくを抱きしめようとしたが、その勇気はなく、ぼくの前におとなしく頭を垂れた。

「リーザ、友だちのきみを、ぼくはわけもなく……許してくれよ」ぼくは言いかけた。けれどぼくの手を握りしめる彼女の指にあまりにも力がこもっているので、ぼくは見当ちがいを言っていることに気づいて、口をつぐんだ。

「ぼくのアドレスはここだよ、リーザ、訪ねてきてくれ」

「行くわ……」彼女はきっぱりした口調でささやいたが、なお頭をあげようとはしなかった。

「じゃ、帰るよ、さよなら……またね」

ぼくが立上ると、彼女も立上り、ふいに真っ赤になって、びくりと身体をふるわせると、椅子《いす》の上に置いてあった肩掛けを手にとり、顎《あご》が埋まるぐらい、すっぽりと肩にかけた。そうしてから、彼女はもう一度、どこやら病的な微笑をもらし、顔を赤くして、奇妙な目つきでぼくを見つめた。ぼくは胸が痛くなり、いそいでこの場を立去り、姿をくらましたい衝動にかられた。

「待っててね」もう玄関の扉口《とぐち》まで来てから、彼女はふいにぼくの外套《がいとう》をつかんで引きとめ、こう言った。そして、せわしなくろうそくをその場に置くと、さっと駆けだして行ってしまった。たぶん、何かを思いだしたか、何かを持ってきてぼくに見せるつもりだったのだろう。走って行くときの彼女は、顔を真っ赤にしていて、目はきらきらと輝き、口もとには微笑を浮べていた。なんということだ？ ぼくは心にもなく彼女を待っていた。一分ほどして、彼女は、何か許しを乞《こ》いでもするような表情を目に浮べて、戻ってきた。ともかくそれは、さっきまでの陰気くさい、猜疑心《さいぎしん》にとりつかれた、かたくなな顔や眼差《まなざ》しとは、まるで似てもつかぬものだった。いまの彼女の眼差しは、懇願するような、おだやかなもので、同時に人を信じきった、やさしい、おずおずとしたものだった。子供たちが、自分の好きでたまらない人、何かおねだりをしようとする人を見るときの、あの目つきである。彼女の目は明るい茶色で、たいへんに美しく、愛情でも暗い憎悪でも、思いのままに映しだすことのできる、生き生きとした目だった。

一言の説明もなしに――まるでぼくが何か至高の存在で、説明抜きでもいっさいを承知しているといわんばかりに――彼女は一枚の紙片をぼくに差出した。この瞬間の彼女の顔は、それこそ無邪気な、まるで子供のような勝利感に輝きわたっていた。ぼくは紙片をひろげた。それは、どこかの医学生か、まあそういった種類の男から彼女に送られてきた手紙で、おそろしく仰々しい、はなやかな文章でつづられていたが、そのくせひどく丁重な恋の告白だった。言いまわしはもう忘れたが、調子の高い言葉の端々に作りものでは出せない真実の感情がのぞいていたことを、よくおぼえている。読み終ると、ぼくは、自分に向けられている、熱っぽい、物問いたげな、子供のように性急な彼女の眼差しを感じた。彼女の目はぼくの顔に釘《くぎ》づけになり、ぼくが何を言うかと、じりじりして待っているふうだった。彼女は言葉少なに、簡単に、けれどいかにもうれしそうに、というより、むしろ誇らしげに、ぼくに説明して聞かせた。彼女は、ある家庭で催されたダンス・パーティに出席したのだが、そこの人たちは「それは、それはいい人たちで、ちゃんとした家庭をもっていて、それにまだ何も知らない、ほんとに何も知らないんです」というのだ。というのも、彼女はここでもまだほんの新顔で……ただちょっと来てみただけで、ずっとここにいるつもりなんかまるでないし、借金さえ払ってしまえば、かならずここを出るつもりでいるのだから……

「それで、この学生もそこに来ていて、その晩はずっといっしょに踊って、いろいろ話してくれたんです。そしたら、その学生とは、まだリガにいた時分、子供のころに知合っていて、いっしょに遊んだこともある仲だとわかったの。そりゃ、もうずっと前の話だけれど、それでもあたしの両親のことは知っているのよ。それから、このことは、何も、何も、何も知らないし、疑ってもいないんです！ それで、そのパーティの翌日（三日前）、パーティにつれて行ってくれた女の友だちを通して、この手紙をとどけてくれたの……それで……ええ、そういうわけなのよ」

彼女はどこか恥ずかしげに、きらきらと輝く目を伏せて、その物語を終った。

かわいそうに、彼女はこの学生の手紙を、宝物のように大事に蔵《しま》っていた。そして自分のただひとつの宝物を取りに駆け戻ったのだった。彼女もまたまじめに心から愛されたことがあり、丁重な言葉をかけられたことがあるのを知らないまま、ぼくが立去ってしまうことに耐えられなくて。おそらく、この手紙は、そのまま何のこともなく、手文庫のなかに蔵いこまれたままに終るはずのものだったのだろう。しかし、それでも同じこと。彼女は生涯《しょうがい》それを宝物として、自分の誇りとして、自分の身のあかしとして、大事にもちつづけたにちがいない。それがいま、こういう瞬間に、彼女はこの手紙のことを思いだし、それを無邪気にぼくに自慢して見せたいばかりに、ぼくに対して自分の本当の姿を見せつけたいばかりに、ぼくに見せて、ほめてもらいたいばかりに、わざわざ持ち出してきたのだ。ぼくは何も言わず、彼女の手を握って、外へ出た。ぼくは帰りたくてならなかったのだ……ぼた雪がまだ綿毛のように降りしきっていたが、ぼくは家までずっと徒歩で帰った。ぼくはへとへとに疲れ、押しつぶされたようになって、しかも心には迷いを感じていた。けれど真実はすでにその迷いのかげからさえきらめいていたのだ。いまわしい真実は！

8

とはいえ、ぼくはすぐにはこの真実を認める気になれなかった。朝方、数時間の鉛のように深い眠りから目ざめて、すぐさま、きのう一日のことをあまさず頭に思い浮べてみたときには、ぼくは、きのうリーザに対して取ったセンチメンタルな態度や、

《きのうの恐怖や憐愍《れんびん》》のすべてに、驚きの念をさえ感じたものだった。〈要するに、女々しい神経変調の発作に見舞われただけなのさ、ちぇっ！〉ぼくはこう決めた。〈それに、なんだっておれのアドレスを彼女に渡したりしたんだろう？　もし彼女がやって来たら、どうする？　いや、なに、来たけりゃ来ればいいのさ、かまうものか……〉しかし、明らかに、現在もっとも肝要な、重大なことは、それではなかった。早急に、また、どんな代価を払っても、ズヴェルコフやシーモノフに対してぼくの面子《メンツ》を回復しておかなければならなかった。これこそが第一の仕事だった。リーザのことなどは、この朝、いろいろなことにかまけて、すっかり忘れていたほどだった。

何はさておき、きのうシーモノフに借りた金をすぐにも返さねばならなかった。ぼくは一《いち》か八《ばち》かの手段に訴えることにした。十五ルーブリという大金をアントン・アントーヌイチに無心しようと決意したのである。お誂《あつら》えむきに、この朝の彼はこのうえもなく上機嫌で、二つ返事で金を貸してくれた。この首尾にすっかり気をよくしたぼくは、借用証を書きながら、いかにも打ちとけた態度で、こともなげにきのうのことを彼に報告までしたものだ。「いや、きのうは友だちとオテル・ド・パリで豪勢に遊んじまいましてね。仲間の、というか、幼な馴染《なじみ》の送別会だったんですが、そいつがまた大の遊び人のお坊ちゃんときていましてね。ええ、そりゃ、もちろん、家柄《いえがら》もよくて、資産もあるし、出世街道まっしぐらの男なんです。それに才気があり、感じがよくて、上流のご婦人方と浮名がたえない、と、まあ、こうなんですよ。それで『半ダース』ほど、つい飲みすごしましてね……」しかも、なんのことはない、こうした文句が実にすらすらと、無造作に、得意然と出てきたものだ。

家に帰るとさっそく、ぼくはシーモノフに手紙を書いた。ぼくの手紙の真《まこと》に紳士的で、虚心坦懐《たんかい》な調子といったら、いま思いだしても、われながらほれぼれとしてしまうほどだ。要領よく、上品に、しかも、これが肝心の点だが、余計な御託《ごたく》はいっさい抜きで、ぼくは万事につけて自分の非をわびた。ぼくが自己弁護をした点といえば、もちろん、《もし小生にいささか弁解が許されるならば》という但《ただ》し書《が》きつきでだが、酒にはまったく不調法であったために、最初の一杯ではやくも酩酊《めいてい》してしまったという一事だった。それも、オテル・ド・パリで五時から六時まで彼らを待つ間に、つい一杯やってしまった、ということにしておいた。ぼくはとくにシーモノフにあててわび口上を並べた。そして、ほかの仲間たちには彼からぼくの釈明を伝えてほしいと頼みこんだ。とりわけズヴェルコフには、どうも《夢のなかのことのようにしか憶《おぼ》えていないが》、どうやら侮辱を加えたような気がするので、とくによろしくとも書いた。そのうえでぼくは、できればみなのところへ出向いてあいさつしたいところだが、頭痛がするし、それより何より恥ずかしくてならないので、とも書きそえた。ぼくがとくに満足をおぼえたのは、ぼくの書きぶりに思いがけなくあらわれた、この《ある種の軽妙さ》、というより、ざっくばらんとでもいった調子（といっても、けっして不作法にはわたらぬ程度の）だった。それは、どんな理屈を並べるにもまして、ぼくが《きのうのいまわしい出来事》について自分なりの見方をもっていることを、彼らに思い知らせてくれるはずであった。おそらく、きみらは、ぼくがぺしゃんこになっているとお考えだろうが、おあいにくさま、どっこい、ぼくはこの事件を、冷静な矜持《きょうじ》ある紳士にふさわしく、眺《なが》めているというわけだった。《できてしまったことは仕方がない》という態度なのだ。〈ちょっと王侯然とした洒脱《しゃだつ》な味まであるぞ〉手紙を読み返して、ぼくは得意だった。〈全編これ、教養ある知的人間にふさわしい文章だ！　もしほかの男がぼくの立場に置かれたら、この窮状をどう切り抜けたものか、見当もつかなかったに相違ない。ところがぼくはみごとに体《たい》をかわして、おまけに冗談口まで叩いてやれる。それもこれも、ぼくが《現代の教養ある知的な人間》なればこそだ。それに、実のところ、きのうの一件は、何もかも酒の上のことだったのかもしれない。ふむ……いや、ちがうな、酒の上だけじゃない。五時から六時まで、やつらを待っていた間に、ぼくはウォトカ一杯口にしたわけじゃない。シーモノフには嘘《うそ》をついたんだ。厚かましく嘘をついてやったんだ。しかし、だからといって、べつにいま良心が痛むわけでもない……〉

それにしても、どうとでもなりやがれだ！　うまく切り抜けられたんだから、それでいいじゃないか。

ぼくは手紙に六ルーブリを封入し、アポロンに頼んで、シーモノフのところへ届けにやらせた。手紙に金が入っていると聞くと、アポロンはふいにうやうやしい態度になって、使いに行くことを承知した。夕刻、ぼくは散歩に出た。きのうのたたりで、まだ頭が痛く、めまいがした。しかし、暮色が深まり、闇《やみ》が濃くなるにつれて、ぼくの印象、やがては思考も、奇妙にうつろいがちになり、混乱するようになった。ぼくの内部の心と良心の奥深いところに、何か死にきれずに残っているものがあった。いや、それはどうしても死んでしまおうとはせず、しめつけるような憂愁となってその存在を知らせるのだった。ぼくは、できるだけ人通りの多い、下町ふうの通り、メシチャンスカヤ街、サドーヴァヤ通り、ユスーポフ公園わきなどをえらんで歩いた。これらの通りは、いつもぼくが好んで散歩する場所だった。とりわけ夕暮れのひととき、一日の稼《かせ》ぎをふところに、つんつんして見えるほど気がかりげな顔をして家路をたどる商人や職人、そのほか、あらゆる種類の通行人の群れで、そこがたてこみはじめるころである。ほかでもない、この貧しい雑踏や、むきだしの散文的情緒が、ぼくには気に入っていたのだ。だが、このときは、この街の混雑がいっそうぼくを苛立《いらだ》たせた。どうしてもぼくは自分を取戻し、まとまりをつけることができなかった。何かがたえず、痛みをともなって、心のなかにわき起ってきて、どうしても静まろうとしないのだった。ぼくはすっかり不機嫌《ふきげん》になって家へ戻ってきた。まるでぼくの心に、何かの犯罪がのしかかってでもいるような気持だった。

リーザが来るかもしれないという考えが、不断にぼくを苦しめていた。ふしぎでならなかったのは、きのうのさまざまな思い出のなかで、彼女の思い出だけが何か特別に、それだけが独立にぼくを苦しめることだった。ほかのことは、晩までにすっかり忘れてしまえたし、もうどうとでもなれ、という気持だった。そしてシーモノフにあてた自分の手紙には、あいかわらず大満悦でいられた。ところが、それでいてぼくは満足感をえられないのだった。まるで、リーザ一人のことで、心を悩ませているような具合だった。〈もし彼女が来たら、どうしよう?〉ぼくは休む間もなく考えつづけた。〈なに、かまうものか、来るなら来るがいい。ふむ。まずいのは、まあ、たとえば、おれの暮しぶりを彼女に見られるくらいのことさ。きのうのおれは彼女の目に、なんというか……英雄と映ったろうからな……ところがいまは?　もっとも、いけないのは、おれがこれほど落ちぶれたことなんだ。まるで乞食の住居だ。それにしても、きのうはこんな身なりで、よくまあ宴会になぞのこのこ出かけて行く気になったものだな！　それから、この蠟布《ろうぬの》張《ば》りの長椅子ときたら、中から詰めものがのぞいていやがる！　部屋着は部屋着で、ろくに身体《からだ》もくるめやしない！　ぼろきれそのものだ……で、彼女は、このいっさいを目にするわけだ。それからアポロンにも出合う。あの豚野郎は、きっと、彼女を辱《はずか》しめやがるだろうな。おれにいやがらせのつもりで、彼女にからんでいくだろう。一方、おれは、いつもの伝で、びくついちまって、彼女の前でちょこちょこ走りまわったり、部屋着の裾《すそ》をかき合せたり、にやにやしたり、嘘を並べたりしはじめるにきまっている。うう、いやなこった！　だが、それだって、いちばんいやらしいことじゃない。ここには、もっと肝心な、もっといやらしい、もっと卑劣なことがある。そう、もっと卑劣なことが！　つまり、またしても、またしても、あの恥知らずな嘘の仮面をかぶらなきゃならないことだ！……〉

この考えにつきあたると、ぼくは思わずぱっと顔を赤らめた。

〈何のために恥知らずな仮面をかぶるんだ？　何が恥知らずだ？　きのうのおれは真心からしゃべっていたじゃないか。おぼえているが、おれの感情はほんものだった。ほかでもない、おれは彼女のうちに高潔な感情を呼びさましてやりたかったのだ……

彼女が泣いたのは、いいことだった。あれはきっといい影響を与えるはずだ……〉

しかし、それでもぼくはどうやっても落ちつけなかった。

この日は、宵《よい》のうちずっと、もう九時を過ぎて、家へ引きあげる時分になっても、つまり、どう考えたってリーザがやってくる気づかいのない時刻になっても、ぼくは彼女の姿をちらちらと目に浮べていた。しかも、重要なのは、彼女がいつもいつも、同じひとつの姿で目に浮んでくることだった。きのうの一部始終のなかで、とくに鮮やかにぼくの目に焼きついている一瞬があった。それは、ぼくがマッチをすって部屋を照らし、彼女のゆがんだ青白い顔と、苦しげな眼差しを目にしたときである。それに、あの瞬間の彼女の微笑は、なんと哀れっぽく、なんと不自然にゆがんでいたことか！　だが、そのときのぼくは、十五年経《た》っても、なおぼくが、あの瞬間に彼女の顔に浮んだ哀れっぽい、ゆがんだ、無用の微笑とともにリーザを思い浮べるようになろうとは、まだ知るよしもなかった。

翌日になると、ぼくはふたたびこうしたいっさいを、くだらないこと、疲れた神経の錯覚、いや、それより何より、ただの誇張にすぎないと考えるだけの余裕ができてきた。ふだんからぼくは、自分のこの弱点をいつも承知していて、ときにはたいへん怖《おそ》れてもいた。〈おれはこの誇張癖で、損ばかりしているんだ〉ぼくはたえずこの一言を心にくり返していた。しかし、それにしても、〈それにしても、やっぱりリーザは、来るだろうな〉――これが、あのとき、ぼくの考えがかならず行きついてしまうリフレーンだった。不安のつのるあまり、ぼくはときには怒りの発作にかられるほどだった。〈来るとも！　きっと来るとも！〉部屋のなかを走りまわりながら、ぼくは絶叫した。〈きょうでなければ、あすにもやってくる、どうやったって捜しだすだろう！　それにしても、ああいう純粋な心の持主のロマンチシズムときたら、実に鼻もちならないな！　あの《けがらわしいセンチメンタルな魂》の醜悪さは、愚劣さは、馬鹿《ばか》馬鹿しさ加減はどうだ！　なに、わかりきったことさ。わからないはずがないんだがな？……〉しかし、ここでぼくは独語をやめた。それもひどい当惑をおぼえながら。

〈まったく、言葉なんて、ほんのすこし、ほんのすこしでいいんだな〉ぼくはふとこう考えた。〈ほんとにわずかばかりの牧歌調で（それも見せかけの、こしらえものの、書物臭い牧歌調で）、人間の魂なんて苦もなくこっちの思いどおりに向け変えられるものさ。これが処女性というやつなんだ。これが新しい土壌《どじょう》というやつなんだ！〉

自分から彼女のところへ出向いて行って、《いっさいを彼女に話し》、ぼくを訪ねて来ないように頼んでみようか、という考えも何度か頭に浮んだ。しかし、この考えが頭に浮ぶなり、たちまちぼくの内心にはむらむらとはげしい憎悪《ぞうお》がこみあげてきた。もし彼女がひょいとその場に居合せでもしたら、ぼくはいきなり《呪《のろ》わしい》リーザを踏みつけ、彼女を辱しめ、唾《つば》を吐きかけ、追っぱらい、叩《たた》き出してしまっただろう！

それでも、一日が過ぎ、二日、三日と過ぎたが、彼女は現われなかった。ぼくもそろそろ落ちついてきた。とくに九時が過ぎると、ぼくはすっかり元気づいて、浮き浮きした気分になり、ときには甘い空想にまでふけりだすほどだった。〈おれは、言ってみれば、リーザを救っているわけなんだ、彼女がおれのところに通ってきて、彼女に話をしてやれば……おれは彼女を教育し、知能をのばしてやる。そして、やがて、彼女がおれを愛していることに、熱烈に愛していることに気づくわけだ。おれは、気づかぬふりをよそおう（もっとも、何のためにそんなふりをするのか知らないが、たぶん、色を添えるためなんだな）。ついに彼女は、美しい姿を取乱し、身体をふるわせ、涙にむせびながら、おれの足もとに身を投げて、あなたはわたしの救い主だ、この世の何物よりもあなたを愛している、と告白するわけだ。と、おれは驚き呆《あき》れてみせる、だが……《リーザ》とおれは言う。《ぼくがきみの愛情に気づかないでいたとでも思うのかい？　ぼくは何もかも見とおしていたよ、気がついていたんだ。でも、ぼくのほうからきみの心に踏み入って行く勇気はもてなかった。なぜって、ぼくはきみに影響力をもっているから、きみが、高潔な自己犠牲の気持から、心を強《し》いてまでぼくの愛にこたえるようになることを、現実には存在もしていない愛情をむりやり自分のうちに呼びさますようになることを怖れたんだよ。ぼくはそんなのはいやなんだ。だって、そうなったら……暴君だものね……気持を踏みつけにしたやり方だものね（いや、要するに、おれはここのところで、何かこうおそろしくヨーロッパ式の、ジョルジュ・サンドばりの、なんと言いようもなく上品でデリケートなやつを一席ぶつわけだ）。でも、いまは、いまとなっては、きみはぼくのものだ、ぼくの創造物だ。清純な、美しいきみよ、美しいわが妻よ》

　ためらわず　心のままに入っておいで、
　おまえはわが家の主婦なのだから！

　それから、二人の楽しい暮しがはじまり、外国へも出かける、それから、それから〉。要するに、ぼくはわれながら自分があさましくなり、とどのつまり、自分で自分にぺろりと舌を出してやったのである。

た。〈いや、そんなことより、あの《売女《ばいた》》め、出してもらえないのさ！〉とぼくは考えた。〈ああいう女は、街歩きにもろくすっぽ出してもらえないものらしい。ましてや晩方となれば（なぜかぼくは、彼女がかならず晩方に、それもきっかり七時にやって来るような気がしていた）。もっとも、あの女、まだすっかりあそこに身を売ったわけではないとか言っていたな。特別待遇みたいになっているとか、してみると、ふむ！　畜生、やって来るな、かならずやって来るぞ！〉

ちょうどこのとき、アポロンが例の不作法な仕打ちでぼくの気をまぎらせてくれたのが、まだしも救いだった。ついにぼくの堪忍袋《かんにんぶくろ》の緒を切らせやがったのだ！　こいつはぼくの癌《がん》であり、神がぼくに贈られた鞭《むち》であった。ぼくと彼とはこの数年間、ずっと角つき合いの暮しをつづけ、ぼくはもう彼を憎んでいた。ああ、どれほどぼくは彼を憎んだことか！　いままでの生涯に、ぼくがこれほど憎んだ男は、ほかにいなかったろうとさえ思える。とくに、ある場合にはそうだった。彼はかなりの年配の尊大な男で、片手間に仕立物の仕事なども引受けていた。ところが、どうしてか知らぬが、彼はぼくのことを軽蔑《けいべつ》し、それも度はずれなくらいに軽蔑し、腹に据《す》えかねるほど横柄《おうへい》な態度をぼくに見せるのである。もっとも、彼はだれに対しても横柄な態度をとった。やつのきれいに撫《な》でつけたブロンドの頭でもいい、植物油を塗りたくって額の上にふくらましている前髪でもいい、いつもV字形に結んでいるしかつめらしい口もとでもいい、どこを見たって、この男が一度として自己に対して疑いを抱いたことのない人間だということは、一目でぴんときた。これは最高にペダンチックな男だった。ぼくがこの地上でお目にかかった最大のペダントといってもよい。しかもアレクサンダー大王ならではのたいした自尊心の持主でもあった。彼は自分の服のボタンの一つ一つに、自分の爪《つめ》の一本一本に惚《ほ》れこんでいた。惚れこんでいることが態度にまであらわれているのだ！　ぼくに対しては、まったく専制的に振舞い、よほどのことでもないかぎり口を利《き》こうともしなかったし、もしぼくの顔を見なければならないようなときには、自信満々の視線をまともにこちらにぶつけてきて、しかもその目にはいつも嘲笑《ちょうしょう》をちらつかせていた。ぼくはこの目つきでよくかっとなってしまったものだ。下男としての自分の仕事をやるにしても、それこそお情けをかけてやるのだといわんばかりの調子だった。もっとも、彼がぼくのために何かしてくれることなど、ほとんどないにひとしかった。そもそも何かをする義務があるとさえ思ってもいないふうだった。彼がぼくのことをこの世界でいちばんの馬鹿者と考えており、《自分のそばに飼っておいてやる》のも、ただただ、毎月ぼくから給料をせしめられるからにすぎないと心得ていることは、いささかの疑う余地もなかった。彼は、月に七ルーブリで、ぼくのもとで《何もしないでいること》を承諾したのである。彼のおかげで、ぼくもずいぶんと罪ほろぼしをしている勘定になる。ときには憎悪がこうじて、彼の歩きつきを見ているだけでも、けいれんを起しそうになることさえあった。しかし、何よりたまらなかったのは、舌もつれしたような彼の物言いだった。彼の舌が規格よりいくぶん長めなので、それでいつもしゅうしゅういうような音が出てくるのだろうが、どうやら彼は、それが得意でならないらしく、そのおかげで一段と品位があがるように思いこんでいるらしかった。彼は、手を後ろに組み、目を伏せながら、小さな声で一本調子に話す癖があった。何よりぼくの癇《かん》にさわるのは、彼が仕切り板の向うの自室にこもって、聖書の詩篇を読みはじめるときだった。この朗読のことでは、ずいぶん彼とやり合ったものだ。だが、彼は毎晩のように、低いなだらかな声で、ちょうど死者の供養《くよう》をするときのように、節をつけて読むのが楽しくてならないふうだった。おもしろいのは、結局、彼がそこへ落ちついたことである。いまの彼は、葬式のときの詩篇読みにやとわれている。ところが、それでいて、ねずみ退治と靴墨《くつずみ》つくりもやっているのだ。しかし、当時のぼくには、彼を追いだすことはできなかった。まるで化学的にぼくの存在と融合しているような具合だったのだ。それだけでなく、彼のほうでも幾らもらったって、ぼくのところをおん出ていく気づかいはなかった。ぼくはほくで家具つきアパートに引越すことができなかった。ぼくの住居は、いわばぼくのお城、ぼくの殻《から》、ぼくのケースみたいなもので、ぼくはそのなかに全人類を逃れて閉じこもっていたのだ。そして、どういうわけか、ぼくにはアポロンがこの住居の付属物のように思えて、まる七年間というもの、とうとう彼を追いだすことができなかったのである。

給料を滞らすことなど、たとえ二日でも、三日でも、できない相談だった。そんなことをしたら、とんだ大騒動を起されて、それこそぼくは身の置き場もない始末になっただろう。しかし、あのときのぼくは、いっさいのものに対する憎悪に目がくらんでいたせいだろう、なぜか知らぬし、また何のためかも知らぬが、ともかくアポロンに罰を加えてやるために、あと二週間、給料を払ってやるまいと決意したのだった。ぼくはもうずっと以前、二年ほど前にも、これを実行に移そうとしたことがあった。それもただただ、彼にはぼくに対してそんな横柄な態度をとる資格がないこと、ぼくだって、その気になれば、いつでも彼に給料を渡さないでやれるのだということを、証明して見せようためだけからだった。ぼくは、このことを彼には話さないでいてやろう、と決めた。彼の自尊心をへこませて、彼のほうから先に給料のことを切り出させるために、わざと黙っていてやるのだ。それで、もし向うから切り出してきたら、ぼくは抽出《ひきだ》しから七ルーブリをそっくり取りだして、このとおり現金は手もとにあるが、わざと遅らせてやったのだ、とわからせてやる。いや、ぼくが給料を払わないのは、要するに、《払いたくない、払いたくない、払いたくない、払いたくないから払いたくない》のだ、それが《主人としてのおれの意志》だからだ、彼が礼儀もわきまえない不作法ものだからだ、と思い知らせてやるのである。それでも、彼が礼をつくして頼みこんでくれば、ぼくとしても、態度をやわらげて、渡してやらないものでもないが、さもなければ、まだ二週間でも、三週間でも、まる一月でも待たせてやる……

しかし、ぼくがどんなに意地悪に徹するつもりでも、結局、勝利は彼のものだった。ぼくは四日ともちこたえられなかった。彼は、まず手始めに、こういう場合にいつも使う手をもちだした。というのは、こういう場合は、すでにこれまでにもあったことで、いわば試験ずみだったのである（ついでに言っておけば、ぼくはもう前からこういうことはすっかり見通しだった。彼の卑劣な戦術などそらで知っていた）。ほかでもない、彼はまず度はずれにきびしい視線をまっすぐぼくに向けてくる、そして数分間もぶっつづけに、その視線をぼくから離そうとしない。それもとくに、ぼくを出迎えたり、家から送りだしたりするときにそうするのだ。それで、たとえば、ぼくがこの視線をもちこたえて、気づかぬふりをよそおったりすれば、今度は、あいかわらず無言のままで、つぎの拷問《ごうもん》にとりかかる。ぼくが歩きまわったり、本を読んでいたりするとき、だしぬけに、なんの用もないのに、静かにするりとぼくの部屋に入ってきて、戸口のそばにたたずみ、片手を背にまわし、片足を引いて、じっと視線をぼくに注ぐ、それもきびしい視線というより、まったく軽蔑しきったような視線を注ぐのである。ぼくが思いついて、何の用か、とたずねたりすれば、彼は何の返事をするでもなく、なお数秒の間、穴のあくほど人の顔を見つめておいて、それから、何かこう特別に、いかにも意味ありげに唇《くちびる》を結んで見せ、その場でくるりと向きを変え、ゆっくりと自分の部屋に引き揚げて行く。二時間もすると、またぞろしぬけに部屋から出てきて、ふたたびぼくの前に姿を現わす。ときには、かっとなったあまり、ぼくのほうでも、何の用か？　ともたずねもせず、ただこっちも権柄《けんぺい》ずくにきっと頭をもたげて、同じように彼の顔を凝視しはじめたこともあった。そんなふうにして、二分間ほども、おたがいにらめっくらをしていたこともあった。あげく、彼のほうがおもむろに重々しく向きを変え、ふたたび二時間ばかり、自室に引き揚げるという段どりだった。

これでもぼくが思い直そうとせず、なおも謀反《むほん》をつづけたりすれば、今度はだしぬけに、ぼくを見つめながら、溜息《ためいき》をつきだす。しかもその溜息たるや、いかにも長たらしい、深々としたもので、まるでこの溜息ひとつでぼくの精神的な堕落ぶりを底まで測りつくそうとでもするようだった。そして結局は、知れたこと、彼の完全な勝利となって万事が落着するのである。ぼくはかっとなって、どなりちらすが、肝心の一件については、やはり実行させられてしまうのだった。

ところで、今度の場合についていえば、ぼくはまだ《きびしい視線》の通常作戦が始まるか始まらぬうちに、早くもかっとなって、彼にいどみかかっていった。でなくても、ぼくはあまりに苛立《いらだ》っていたのだ。

「待て！」彼が片手を背にまわして、ゆっくりと無言で向きを変え、自分の部屋に引き取ろうとしたとき、ぼくは前後を忘れて叫んだ。「待て！　戻れ、戻るんだったら！」おそらく、ぼくのどなり方にいつもとは違ったひびきがあったのだろう、彼はくるりと後ろをふり返り、いくらか驚きの表情さえ浮べて、ぼくのことを眺《なが》めまわしはじめた。もっとも、あいかわらず一言も口をきこうとはしないので、これがぼくにはかっときた。

「どうして断わりもなく人の部屋に入ってきて、そんな目でおれを見るんだ、はっきり返事をしろ！」

しかし、三十秒ほど冷静にぼくを見つめてから、彼はふたたび向きを変えはじめた。

「待て！」彼のそばへ駆け寄りながら、ぼくは大声を出した。「動くな！　そうだ。さあ、答えてもらおう、何のつもりで人の顔を見に入ってくるんだ？」

「もしただいま何かお言いつけになることがありましたら、それをいたすのはわたくしの務めでございますから」ふたたびしばらく間を置いてから、低い一本調子のしゅうしゅう声で、彼は答え、眉《まゆ》を吊《つ》りあげて、右から左へ平然と首を曲げて見せた。それがすべて、ぞっとさせられるほど糞《くそ》落ちつきに落ちついているのだ。

「そんなことを、そんなことを聞いているんじゃない、首斬役人《くびきり》め！」ぼくは憎悪に身を打ちふるわせながら叫んだ。「じゃ、きさまがなぜここへやってくるのか、おれが自分で教えてやろう。いいか、おれが給料を渡さないでいるのに、きさま、気位が高くて、自分から頭をさげてこられないものだから、それで、きさま、そののろまな目つきでおれに罰を加えよう、いやがらせをしようとやってくるんだ、おまけに、この首斬役人ときたら、それがどんな馬鹿《ばか》げたことか、自分でも気づいていない始末だ。馬鹿げてる、馬鹿げてる、馬鹿げてる、馬鹿げてるったら！」

彼はまたしても無言で向きを変えかけたが、ぼくは彼をつかまえた。

「よく聞けよ」ぼくは彼に向って叫んだ。「さあ、金はここにある、ここにあるぞ！(ぼくは金を抽出しから取りだした)。七ルーブリ、耳を揃《そろ》えてある。だが、こいつはきさまにはやれんからな、きさまが礼儀正しく頭をさげてだ、おれに許しを乞《こ》いに来ないかぎり、けっしてきさまに渡しゃしないんだ。わかったな！」

「そうはいきませんでしょう！」彼はいくらか不自然なくらい自信ありげに答えた。

「いくとも！」とぼくは叫んだ。「誓って言っておくが、そうしてみせるからな！」

「だいいち、あなたに許しを乞うことなんて、ありませんですよ」彼は、ぼくの叫び声など、耳にも入らなかったといわんばかりにつづけた。「それよりあなたは、わたくしのことを『首斬役人』などとおっしゃいましたですね、そのことでしたら、いつだってわたくし、所轄《しょかつ》の警察署に侮辱罪で訴えることができますですよ」

「行きやがれ！　訴えるがいい！」ぼくは大声を張りあげた。「いま行くがいい、さあ、すぐにだ！　きさまはどうせ首斬役人じゃないか！　首斬役人！　首斬役人め！」しかし彼は、ちらとぼくを見やっただけで、くるりと後ろを向くと、もうぼくの叫び声にも耳をかさず、後もふり返らずに、するりと自室に引き取ってしまった。

〈リーザさえいなかったら、こんなことは何も起るはずがなかったんだ！〉ぼくは心中、こう結論した。それから、一分ばかりその場にたたずんでいてから、重々しい威厳のある態度で、しかしどきりどきりと大きく胸のときめくのを感じながら、仕切り板のかげの彼の部屋へ入って行った。

「アポロン！」ぼくは小声に、ゆっくりと間をおいて、しかしあえぎあえぎ言った。「さあ、たったいま、一刻の猶予《ゆうよ》もなしに、所轄の署長のところへ行ってきてもらおう！」

彼はもう今の間に、自分のテーブルに向って腰をおろし、眼鏡をかけて、何やら縫物に取りかかっていた。しかし、ぼくの言いつけを聞くと、とたんにぷっと吹きだしてしまった。

「いま、たったいま、行ってくるんだ！　行け、行け、さもないと、どんなことになるか知れやしないぞ！」

「ほんとにすこし気がおかしくなられたようですね」彼は頭もあげずに、あいかわらず糸を針の目に通しながら、例のしゅうしゅう声でこう言った。「だいたい、自分で自分を警察署に訴えるなんて、聞いたこともありませんですよ。それに、そんなおどし文句なんて、ただいきみ返っていなさるだけで、どうともなりゃしませんや」

「行くんだ！」ぼくは彼の肩をつかんで、金切声をあげた。いまにも彼をなぐりつけずにはすまないぞ、とぼくは感じた。

しかしぼくは、ちょうどこの瞬間、ふいに玄関のドアがそっと静かに開けられ、だれやら人影が入ってきて、その場に立ちどまり、いぶかしげにぼくら二人を見まわしはじめたのに気づかなかった。ぼくはちらとその人影を見やって、恥ずかしさにすくんだようになり、そのまま自分の部屋へ駆けこんだ。部屋に入ると、両手で髪の毛をつかんで、壁に自分の頭をすりつけ、そのままの姿勢で動かなくなった。

二分ほどして、アポロンのゆったりした足音が聞えた。

「だれやら女の方が訪ねて見えていますよ」とりわけきびしい目でぼくを見つめながらこう言うと、彼はわきへ寄って、リーザを通した。彼はすぐには出て行こうとせず、あざ笑うようにぼくらを見くらべていた。

「出て行け！　出て行くんだ！」ぼくは、おろおろしながら彼に命じた。ちょうどこのとき、ぼくの時計がひとつついきんで、しわがれ声を出すと、七時を打った。

9

ためらわず　心のままに入っておいで、
おまえはわが家の主婦なのだから！

ネクラーソフの同じ詩より

ぶちのめされたようになって、うろたえきり、見苦しいまでどぎまぎした様子で、ぼくは彼女の前に突立ち、どうやら、にやにや笑いながら、ただもう死物狂いで、あちこち綿のはみ出たぼくの部屋着の裾《すそ》をかき合せようとしていた。そう、それはまぎれもなく、ついさっき、気の滅入《めい》った瞬間に、ぼくが頭に思い描いた姿そのままだった。アポロンは、二分ほどぼくら二人をじろじろ眺めまわしていてから、部屋を出て行ったが、ぼくの気持はひとつも楽にならなかった。何よりいけないのは、彼女のほうまでがふいにうろたえてしまったことだった。そのうろたえ方は、ぼくの予期をはるかに越えていた。もちろん、ぼくに目を見張ったままで。

「坐《すわ》りたまえ」ぼくは反射的に言って、テーブルの横の椅子《いす》を彼女にすすめ、自分は長椅子に腰をおろした。彼女は、目をいっぱいに見開いてぼくを見つめながら、すぐにおとなしく腰をおろした。明らかに、いまこの場でぼくから何かを期待しているふうだった。このナイーヴなまでの期待が、かえってぼくをかっとさせたが、ぼくはどうにかぐっと自分を抑えた。

こういうときこそ、万事がふだんのとおりといった思い入れで、素知らぬふりをよそおってくれればいいのだが、彼女は……と思ってぼくは、この代償が彼女にとってだいぶ高くつくな、とぼんやり予感した。

「妙なところを見られてしまったね、リーザ」ぼくはどもりながら、また、こういうふうに切り出すのがいちばんいけないのだ、と承知しながら、口を切った。

「いや、いや、妙に気をまわしてもらっちゃ困るな！」彼女がふいに赤くなったのを見とがめて、ぼくは大声を出した。「ぼくは自分の貧乏が恥ずかしいんじゃない……それどころか、ぼくは自分の貧乏を誇りにしているくらいさ。貧すれど、鈍せずでね……いや、貧乏だって、清い心はもてるものさ」とぼくはつぶやいた。「それはそうと……お茶はどうだい？」

「いいえ……」と彼女は言いかけた。

「待ちたまえ！」

ぼくは椅子からとび上って、アポロンの部屋へ駆けこんだ。どこへでもいい、とにかくどこかへ逃げこまずにはいられなかったのだ。

「アポロン」ぼくは熱に浮かされたような早口でささやくと、さっきからずっと手のなかに握りしめていた七ルーブリを、彼の前に投げだした。「これはおまえの給料だ。さあ、ちゃんと渡したぞ。その代りに、おまえはおれを救ってくれなくちゃいかん。すぐにレストランへ行って、お茶と乾パンを十個ほど買ってきてもらいたいんだ。もしいやだということなら、おまえは人間ひとりを不幸にすることになるんだぞ！　おまえ、あれがどんな女か知らんだろうが……あれは――すばらしい人なんだ！　おまえ、何か気をまわしているかもしらんが……あれがどういう女性だか知るまい！……」

もう仕事台に坐って、また眼鏡をかけていたアポロンは、最初、糸を手から放そうともせず、無言で金のほうに流し目をくれた。それから、ぼくのほうには目もくれず、返事ひとつしようとはしないで、まださっきのつづきで、糸を針の目に通そうともたもたしていた。ぼくは、ナポレオン流に腕組みをして、三分ほども、彼の前に突立って待っていた。ぼくのこめかみは汗に濡《ぬ》れて、顔は青ざめていた。そのことが自分で感じられた。しかし、ありがたいことに、さすがの彼も、ぼくが気の毒になったらしかった。糸の始末をつけると、彼はのろくさとその場から立ちあがり、のろくさと椅子をどけ、のろくさと眼鏡をはずし、のろくさと金をかぞえてから、ようやく肩ごしに「一人前、そっくりもらってきますかね？」とたずねて、のろくさと部屋を出て行った。リーザのところへ戻る道すがら、ぼくの頭にはこんな考えも浮んだ。このまま、部屋着一枚のなりで、目の向くまま、逃げだすべきじゃないだろうか、あとは野となれだ……

ぼくはふたたび腰をおろした。彼女は不安そうにぼくを眺めていた。数分間、ぼくらは黙りこくっていた。

「あいつめ、殺してやる!」ふいにぼくはわめいて、拳固《げんこ》でテーブルをどかんとなぐりつけた。そのはずみで、インク壺《つぼ》からインクがぱっとはね散った。

「ああ、なんてことを!」彼女はびくりとふるえて叫んだ。

「殺してやる、あいつめ、殺してやる!」テーブルをなぐりつけながら、ぼくは金切声をあげた。まるでもう前後の見さかいもなくなっていたが、それでも同時に、こんなふうにわれを忘れるのがどんなにおろかしいことかを、自分ではよくわきまえていた。

「きみは知らないんだよ、リーザ、あの人殺しがぼくにとってどういう存在か。あれは、ほんとの首斬役人なんだ……やつはいま、乾パンを買いに行っている。やつは……」

するとふいにぼくはさめざめと泣きだしてしまった。これは発作だった。すすりあげる合間合間に、どんなに恥ずかしい思いにかられたことか。それでもぼくはどうしても涙を抑えられなかった。彼女はおびえてしまった。

「どうなさったんです! ほんとに、どうなさったんです!」ぼくのまわりをうろうろしながら、彼女は大声に叫んだ。

「水を、水をくれ、あそこにある！」ぼくは弱々しい声でつぶやいた。だが、そのくせ、腹のうちでは、べつに水なんかもらえなくたってどうということはないし、弱々しい声でつぶやくまでのこともないと、ちゃんと意識していたのである。しかしぼくは、体面を保つためにも、いわば芝居をして見せたのだった。もっとも、発作はほんものだったけれど。

彼女は、うつけたような目でぼくを見つめながら、水をくれた。ちょうどこのとき、アポロンがお茶をもって入ってきた。ふいにぼくには、何の変哲もない、いかにも散文的なこのお茶が、いまのような出来事のあとではおそろしく不体裁でみじめなものに思えてきた。リーザは、おびえたような表情さえ浮べて、アポロンを見やった。彼は、ぼくらには目もくれず、出て行った。

「リーザ、きみはぼくを軽蔑《けいべつ》しているだろうね？」ぼくは、彼女の顔をまじまじと見つめながらこう言うと、彼女が何を考えているかを知りたい思いにかられて、思わず身ぶるいした。

彼女はどぎまぎして、何も返事ができなかった。

「お茶を飲みたまえ！」ぼくは腹立たしげに言った。ぼくは自分に腹を立てていたのだが、怒りをぶちまける先は、むろん、彼女だった。彼女に対する恐ろしいばかりの敵意がふいにぼくの心に煮えたぎり、いきなり彼女を殺しかねまじき気持だった。彼女に復讐《ふくしゅう》してやるために、ぼくはこれからずっと一言も彼女に口をきいてやるまいと心に誓った。〈この女がいっさいの原因なんだ〉とぼくは考えた。

ぼくらの沈黙はもう五分もつづいていた。お茶はテーブルの上に載っていた。ぼくらはそれには手もふれなかった。わざとお茶を飲みはじめないでいてやれ、そのことでよけい彼女を気づまりにしてやれ、とまで考えたのだ。彼女のほうから先に手をつけるのは、ばつが悪いだろうし。何度か、悲しげな不審の表情を浮べて、彼女はぼくを見あげた。ぼくはかたくなに黙っていた。いちばん苦しんでいたのは、もちろん、ぼくのほうだった。なぜなら、ぼくは自分の馬鹿げた腹立ちの醜悪きわまる下劣さをよく承知しながら、それでいてどうしても自分を抑えることができなかったのだから。

「あたし、あそこから……出たいんです……すっかり」なんとか沈黙にけりをつけようとして、彼女は言いかけた。だが、かわいそうに！　ほかのことならともかく、この話だけは、でなくても馬鹿げたあんな瞬間に、でなくても馬鹿げたぼくのような男に、もちかけるべきではなかったのだ。彼女の気のきかなさと、用もない率直さが哀れになって、ぼくは胸が痛くなったほどだった。しかし、何やら醜悪なものが、たちまちぼくのなかの同情心を押しつぶしてしまった。いや、かえってぼくをけしかけて、もうどうなったってかまうもんか！　という気にさえさせるのだった。さらに五分ほどが過ぎた。

「お邪魔じゃなかったのかしら？」やっと聞きとれるほどの声で、おずおずと口ごもると、彼女は腰をあげかけた。

しかし、傷つけられた自尊心のこの最初の衝動を目にしたとたん、ぼくは憎悪《ぞうお》のためにはげしく身ぶるいせんばかりになり、いきなり堰《せき》の切れたようにしゃべりだした。

「きみは何のためにここへ来たんだい、言ってくれよ、頼むから」息を切らせながら、自分の言葉の論理的な脈絡も考えずに、ぼくは切りだした。ぼくはいっさいを一時に、ひと思いに言ってしまいたかった。何からはじめたらよいかも気にならないくらいだった。

「どうしてきみは来たんだ？　返事を、返事をしたまえ！」ほとんどわれを忘れんばかりになって、ぼくはやたらと大声をあげた。「それじゃ、こっちから言ってやろうか、きみが何のために来たか。きみが来たのはだね、あのときぼくが同情の、言葉をかけたからなのさ。そう、それできみはふわふわとなってしまって、また《同情の言葉》をかけてもらいたくなったのさ。だったら、心得ておくがいいぜ、はっきりとね、あのとき、ぼくはきみを笑っていたんだってことを。いまだって笑っているのさ。何をふるえるんだい？　そうとも、笑っていたのさ！　ぼくは、あのまえに人から侮辱されてね、宴会の席で、そう、あのとき、ぼくのまえに行った連中にだよ。ぼくがきみの家へ行ったのは、その連中の一人――ある将校をぶんなぐってやろうと思ってだったんだ。ところが、相手が見つからなくて、しくじっちまった。それでだれかにそのむしゃくしゃを持っていって、腹いせをしなくちゃならなかった。そこへきみが現われたってわけさ。そこでぼくは、きみに憎悪をぶちまけて、思いきり笑ってやったんだ。自分が踏みつけにされたから、今度は他人を踏みつけにしてやりたかった。自分が雑巾《ぞうきん》同然に扱われたから、今度は自分にも力のあるところを見せつけてやりたかったんだ……そういうわけだったのさ。ところがきみは、ぼくがきみを救うためにわざわざ乗りつけたとでも思ったんだろう、ええ？　そう思ったんだろう？　きみはそう思ったんだろう？」

もしかしたら、彼女が混乱してしまって、細かな点までは理解できないかもしれないことを、ぼくは承知していた。だが同時に、彼女が問題の核心をはっきりと理解できるにちがいないことも知っていた。事実、そのとおりだった。彼女はハンカチのように蒼《あお》ざめ、何か口に出そうとしたが、ただ唇《くちびる》が病的にひきつるばかりだった。そして、まるで斧《おの》で足を払われたように、べたりと椅子の上に腰を落した。それからはもう、ただ口をあけ、目を見開き、はげしい恐怖にふるえながら、ぼくの言うことを聞いているばかりだった。シニスムが、ぼくの言葉のあまりにむきだしなシニスムが、彼女を押しつぶしてしまったのだ……

「救うだって！」椅子からとび上り、彼女の前で部屋のなかをあちこち走りまわりながら、ぼくはつづけた。「何から救うのさ！　だいたい、ぼくのほうがきみよりもっとひどい状態かもしれないんだぜ。どうしてきみは、あのときすぐに、ぼくがお説教を垂れていたとき、ずばりと決めつけてくれなかったんだい。『でも、あんたは何しにあたしのところへなんか来たの？　お説教を垂れに来たの？』とでもさ。あのときぼくに必要だったのは、力、力なんだよ。演技が必要だったんだ。きみに涙を流させてやりたかったんだ。きみを辱《はずか》しめて、ヒステリーを起させる——それが、あのときぼくの必要としたものなんだ！　ぼくはだめな男だから、あのときは自分のほうが持ちこたえられなくなってさ、怖気《おじけ》づいて、何のつもりか、きみにアドレスを渡すような馬鹿なまねをしてしまったんだ。ところが、あれから、まだ家に帰りつきもしないうちに、ぼくはあのアドレスのことで、きみをさんざんに罵倒《ばとう》しはじめたものなんだよ。ぼくはきみが憎らしくてならなかった。それもあのとき、きみに嘘《うそ》をついたからなんだ。ぼくはただ言葉をもてあそび、空想にうつつを抜かしていただけで、本心では、いいかい、きみの破滅を望んでいたからなんだ、そうなんだよ！　ぼくに必要なのは安らかな境地なんだ。そうとも、人から邪魔されずにいられるためなら、ぼくはいますぐ全世界を一カペーカで売りとばしたっていいと思っている。世界が破滅するのと、このぼくが茶を飲めなくなるのと、どっちを取るかって？　聞かしてやろうか、世界なんか破滅したって、ぼくがいつも茶を飲めれば、それでいいのさ。きみには、こいつがわかっていたのかい、どうだい？　まあいい、ぼくにはわかっていたんだ、ぼくがならず者で、卑劣漢で、利己主義者で、なまけ者だってことがね。この三日間、ぼくはきみがやって来るのじゃないかと、恐怖にふるえていたものさ。それにしても、この三日間、ぼくのいちばん恐れていたことが何かわかるかい？　それはさ、あのときぎみの前で英雄気取りでいたものが、今度はどうだ、こんなぼろぼろの部屋着を着た、乞食同然のみにくい姿をきみに見られることなんだ。ぼくはさっき、自分の貧乏を恥じてはいないと言ったね。ところが、実をいうと、ぼくは恥ずかしいのさ。何より恥ずかしいし、何より恐ろしいんだ。盗みをしたのより、もっといけない。というのは、ぼくは虚栄心のかたまりみたいな男だが、それが生皮をひんむかれたような感じで、空気にふれるだけでも痛みだすからなんだ。いったいきみは、これでもまだ察しをつけられないのかな。まるで怒りたけった犬ころみたいに、アポロンにくってかかった現場を、しかもこんな部屋着姿でいるところをきみに押えられたことを、ぼくは一生根にもつ男なんだ。かつての救世主、かつての英雄がさ、疥癬《かいせん》やみの汚ならしい番犬みたいに自分の下男にとびかかって、しかも相手から鼻で笑われている始末なんだからな！　それから、さっきぼくが、まるでいじめられた女の子みたいに、きみの前でこらえ切れずに流してしまった涙のことだって、きみを許す気にはなれないんだ！　いや、いまこうやってきみに告白していることでも、きみを許せないんだ！　そうさ、きみが、きみ一人が、このいっさいに責任をとるべきなんだ。なぜって、きみがぼくの前にふらふらと現われたことがいけないんだから。ぼくがならず者だってことが、ぼくがいちばん醜悪な、いちばん滑稽《こっけい》な、いちばんつまらない、いちばん愚劣な、この世のなかのどんな虫けらよりも、いちばん嫉妬《しっと》深い虫けらだってことがいけないんだから。そりゃ、そんな虫けらだって、ぼくよりすこしもましなことはないさ。でも、やつらは、どうしてだか知らないが、けっしてどぎまぎしたりはしない。ところがぼくは生涯《しょうがい》、そんなしらみ同然のやつらからこづきまわされどおしなんだ。これがぼくの特性ときているんだ！　いや、きみがこういうことをひとつもわかってくれなくたって、そんなことは問題じゃない！　いや、だいたいがきみのことなんて、ぼくには何のかかわりもないことなのさ、きみがあそこで身を滅ぼそうが、滅ぼすまいが。それより、きみにはわかるかい、いま、こういうことをきみに話してしまったことで、きみがここに来て、ぼくの話を聞いたということで、ぼくはきみを憎むようになるだろうってことが？　人間てものは、生涯にせいぜい一度ぐらいしか、こんなに本心をさらけだすことはないものなのさ、それもヒステリーの発作にでもかからなければね！　さあ、これ以上きみに何の用があるんだ？　なんだってきみは、これだけ言って聞かせたのに、まだぼくの前に突立って、ぼくを苦しめる気なんだい、なぜ帰らないんだ？」

だが、このとき、ふいに奇妙なことが起った。

ぼくは、万事を書物ふうに考え、空想し、また世のなかのいっさいを、かつて自分が頭のなかで創作したようなふうに想像する習慣が染《し》みついてしまっていたので、そのときとっさには、この奇妙な状況を理解することができなかった。ところで、事実はほかでもない、ぼくによって辱しめられ、踏みつけにされていたリーザが、実は、ぼくの想像していたよりずっと多くを理解していたのである。彼女はこの長広舌から、心から愛している女性がいつも真先に理解することを、つまり、ぼく自身が不幸なのだということを理解したのだ。

彼女の顔に表われていた恐怖と屈辱は、まず悲しげな驚愕《きょうがく》の念にとってかわられた。

ぼくが自分で自分を卑劣漢、ならず者と呼び、ぽろぽろと涙をこぼしはじめたとき（ぼくはこの長ぜりふを泣く泣くしゃべっていたのだった）、彼女の顔は何かけいれんのようなものにはげしく引きゆがんだ。彼女は立ちあがって、ぼくを押しとどめたいらしかった。そして、ぼくがしゃべり終ったとき、彼女が注意を向けたのは、〈どうしてここにいるんだ、どうして帰らないんだ！〉というぼくの叫びではなくて、ぼく自身、このいっさいを口にすることがさぞかし辛《つら》かったろうということだった。それに彼女は、手ひどくぶちのめされた、かわいそうな女だった。彼女は自分をぼくなどよりはるかに下の人間と考えていた。どうして彼女が腹を立てたり、怒ったりできただろう？　彼女は、何か抑えられぬ衝動にかられたように、ふいに椅子からとびあがった。そして、ぼくに身を投げだしてしまいたい気持をありありと見せながらも、それでもなお気おくれのために椅子を立つことができず、ぼくに向って手を差しのべた……その瞬間、ぼくの心も動転してしまった。すると、彼女はいきなりぼくにとびついてきて、両腕でぼくの首をかかえ、声あげて泣きくずれた。ぼくもこらえきれず、これまでに一度としてなかったようなはげしさで、わっと泣きだしてしまった……

「ぼくはならしてもらえないんだよ……ぼくにはなれないんだよ……善良な人間には！」ようやくのことでこれだけ言うと、ぼくは長椅子のところまで歩いて行って、がばとその上に身を投げ、そのまま十五分ほど、ほんもののヒステリーの発作におそわれて、おいおい泣きだした。彼女はぼくにひしと身を寄せ、ぼくを抱擁すると、抱擁したまま気を失ったようになった。

しかし、それにしても厄介《やっかい》なことに、ヒステリーはやがておさまるべきものだった。で、やがて(ぼくは恥ずかしげもなく真実を書く)、安っぽい革のクッションに強く顔を埋めて、長椅子の上に突伏しながら、ぼくはしだいに、遠まわしに、思うともなく、けれど逆らいがたい力に引きずられるようにして、こうなったいまとなっては、頭をあげて、リーザの目をまともにのぞきこむのは、なんともばつの悪いことだな、と感じはじめたのである。何が恥ずかしかったのか? それは知らないが、それでもぼくは恥ずかしかった。血がのぼって錯乱したぼくの頭には、いまや役どころが完全に入れかわったな、という考えも浮んできた。今度は彼女のほうが主役で、ぼくは、四日前のあの夜のリーザとまったく同じように、みじめに踏みつけにされ、辱しめられた存在でしかなくなってしまったのだ……そしてこういう考えは、ぼくがまだ長椅子の上に突伏していたときにもう浮んできたのだった!

ああ! なんということだ! いったいぼくはあのとき、彼女にねたみ心でも抱いたのだろうか?

わからない、いまだにぼくには結論が出せない、ましてあのときは、むろん、いまよりかもっとわかるはずがなかったのだ。だれかに権力をふるい、暴君然と振舞うことなしには、ぼくが生きていけない人間だということもある……しかし……しかし、理屈をこねてみたところで、何も説明できるわけではないし、してみれば、理屈をこねてもはじまらないわけだ。

それでも、自分に打ちかって、ぼくは頭をあげた。どうせいつかはあげずにはすまなかったのだ……すると、いまでもぼくは確信しているが、それはほかでもない、彼女の顔を見るのが恥ずかしくてならなかったからだろう、ぼくの心に、そのときふいに別の感情が火を吹き、ぱっと燃えあがったのだった……別の感情、つまり、支配欲、所有欲である。ぼくの目は情欲にぎらぎらと輝き、ぼくは折れよとばかり彼女の手をにぎりしめた。この瞬間、ぼくがどれほど彼女を憎み、どれほど彼女に惹《ひ》かれたことか。この二つの感情はおたがいにあおり立てあった。それは復讐にさえ似ていた！彼女の顔には、最初、不審そうな、というより、恐怖にも似た表情が表われたが、それも一瞬だった。彼女は喜びに狂ったように、はげしくぼくを抱きしめた。

10

十五分後、ぼくははげしい焦燥感《しょうそうかん》にじりじりしながら、部屋のなかをあちこち走りまわり、たえず仕切り板のそばへ立寄っては、隙間《すきま》からリーザの様子をうかがっていた。彼女は、寝台に頭をもたせて、床の上に坐《すわ》り、どうやら泣いているらしかった。しかし、彼女は出て行こうとはしなかった。そして、このことがぼくを苛立《いらだ》たせたのである。今度という今度は、彼女は何もかも知ってしまったのだ。ぼくは取り返しのつかぬほど彼女を侮辱した、ところが……いや、何を話すまでもない。ぼくの情欲の発作がまさしく復讐であり、彼女に対する新しい屈辱であったことを、彼女は悟ったはずなのだ。そして、ぼくの以前からの、ほとんど対象のないような憎悪に、いまや、い、個人的な、彼女に対するねたみにみたされた憎悪が加わったことも……とはいえ、ぼくも、彼女がこのいっさいを明確に理解できたなどと断言するつもりはない。けれど、そのかわり、ぼくがくだらない人間で、それより何より、ぼくは彼女を愛せない人間だということだけは、完全に理解できたはずなのだ。

そいつは眉唾《まゆつば》だ、おまえみたいにひねくれた、馬鹿な人間が実在するなんて、それこそ眉唾だ、と諸君は言うだろう。それはぼくも承知している。また、それに加えて、彼女が好きになれないなんて、せめて彼女の愛情を評価できないなんて、眉唾そのものだとも言われるかもしれない。だが、どうして眉唾なのか？ 第一、ぼくは人を好きになることももうできなくなった男なのだ。なぜなら、くり返すようだが、ぼくにとって、愛するとは、暴君のように振舞い、精神的に優位を確保することの同義語だからだ。ぼくは生涯、それ以外の愛情は思ってみることもできなかった。そのあげく、ついには、愛とは、愛する対象に対して暴君のように振舞う権利をすすんで捧《ささ》げられることである、とさえ、ときとして思うようになったのである。地下室での空想のなかでさえ、ぼくは愛を闘争以外のものとして考えたことはなかった。そして、いつも憎悪から愛をはじめて、精神的な征服に行きつく。そして、そのあとはもう、征服した対象をどう始末したものやら、考えられもしない有様なのだった。それに、これがどうして眉唾だろう。現にぼくは、これほどまで精神的に自分を腐敗させ、これほどまで《生きた生活》と縁を切って、ついさっきも彼女に向って、彼女がぼくのところへ《同情の言葉》を求めに来たなどと、あたり散らし、辱しめる始末なのだ。ところが、それでいて、彼女がやって来たのは、けっして同情の言葉を求めるためではなく、ぼくを愛するためだったこと、なぜなら女性にとっては、愛のうちにこそいっさいの復活が、あらゆる破滅からのいっさいの救いと新生が秘められているからだ、ということには気づこうともしない。だから、あれ以外の現われ方はありえようはずもないということにも。とはいっても、部屋のなかを走りまわり、仕切り板の隙間からのぞき見していたときには、ぼくはもうそれほど彼女を憎んでいたわけでもなかった。ただ、彼女がここにいることが、やりきれないほど苦痛なだけだった。彼女が消えてくれればいいとさえ、ぼくは思った。ぼくは《安らぎ》がほしかった。地下室に一人きりになりたかったのだ。《生きた生活》が、不慣れなために、息をするのも苦しいくらい、ぼくを圧《おさ》えつけていたのだ。

しかし、さらに数分が過ぎたのに、彼女はいぜんとして、まるで失神でもしたように、身を起そうとしなかった。ぼくは厚かましくも、仕切り板をそっとノックして、彼女の注意をうながしたくらいだった……と、突然彼女はびくりとふるえて、ぱっと跳ね起きると、まるでぼくを逃れてどこかへ行ってしまおうとでもするように、自分の肩掛けや、帽子や、シューバを、大あわてで探しはじめた……二分後、彼女はゆっくりと仕切り板のかげから出て来て、重苦しい視線をぼくに投げた。ぼくは毒々しい薄笑いを浮べたが、それはむりに、体裁をつくろうためだけのものだった。それから、ぼくは彼女の視線を避けて、顔をそむけた。

「さようなら」彼女は戸口に向いながら、こう言った。

ぼくはふいに彼女のそばへ駆け寄って、その手を取ると、手のひらを開かせて、そこへ押しこみ……それからまた握らせた。それから、すぐさま向きを変えて、反対側の隅《すみ》へとびのいた。せめて自分の目で見ないためである……

ぼくはいまも、嘘をついて、ぼくがこんなことをしたのは、ものはずみで、すっかりうろたえて、前後もわからぬまま、ついしてしまったことだと書いてやりたくなったほどだ。けれど、ぼくは嘘をつきたくはない。だから率直に言うが、ぼくが彼女の手をこじあけて、握らせたのは……憎悪から出たことだったのである。ぼくがこんなことをしようなどという気になったのは、ぼくが部屋のなかをあちこち走りまわり、彼女のほうは仕切り板のかげに坐っていたときのことだった。しかし、ひとつはっきりと言えるのは、なるほどぼくがこんな冷酷な仕打ちをしたのは、故意ではあったかもしれないが、それは心から出たものではなく、ぼくの呪《のろ》わしい頭から出たことだったということである。この冷酷な仕打ちは、それこそこしらえものの、頭ででっちあげた、故意に創《つく》りあげた、書物ふうのものだったので、ぼく自身が一分ともちこたえられず、まずそれを目にすまいと片隅にとびのいたあと、羞恥《しゅうち》と絶望にかられて、リーザの後を追って駆けだしさえしたほどだった。ぼくは玄関の扉《とびら》をあけて、じっと耳を澄ました。

「リーザ！　リーザ！」ぼくは階段に向って叫んだが、それはおどおどした小さな声だった……

返事はなかったが、階段の下のほうで彼女の足音が聞えたような気がした。

「リーザ！」ぼくはすこし大きな声で叫んだ。

返事はなかった。だが、その瞬間、ぼくは下のほうで、通りに面したたてつけの悪い表のガラス戸が、ぎいっと重々しくきしんであけられ、それから鈍い音をばたんと立てたのを聞いた。反響が階段をつたって上ってきた。

彼女は行ってしまった。ぼくは物思いに沈んで部屋に戻った。おそろしく重苦しい気分だった。

ぼくは、彼女が坐っていた椅子《いす》の横のテーブルの前に立って、ぼんやりと前を見つめていた。一分あまりが過ぎたとき、ぼくはふいに全身をびくりとふるわせた。ぼくの目の前のテーブルに、ぼくは見たのだ……一口にいえば、もみくちゃになった青い五ルーブリ紙幣を、ついさっき、彼女の手に握らせたあの五ルーブリ札を見たのだ。それは、たしかにあの紙幣だった。ほかの紙幣があるわけもなかった。家じゅう探したって、ほかには紙幣などなかった。してみると、彼女は、ぼくが片隅へとびのいたあの瞬間をとらえて、手ににぎられた紙幣をすばやくテーブルの上に投げ返したものと見える。

どうだろう？　彼女がこうすることを、ぼくは予期できたろうか？　予期できたろうか？　いな。ぼくはあまりにもエゴイストで、現実に人間を尊敬するということがまるでなかったために、彼女だってこうするかもしれないことも考えつけなかったのだ。これはもう我慢のならないことだった。一瞬ののち、ぼくは狂気のようになって、服を着がえ、手あたりしだいのものを身にまとって、いっさんに彼女のあとを追って駆けだした。ぼくが通りへとび出したときには、彼女はまだ二百歩と行っていなかった。

静かだった。雪が降りしきり、ほとんど垂直に落ちかかる雪が、歩道や人気《ひとけ》のない車道にクッションを敷きつめていた。通行人は一人も見えず、なんの物音も聞えなかった。用もない街燈《がいとう》がものうげにまたたいていた。ぼくは十字路まで、二百歩ほど走って、そこで立ちどまった。

〈彼女はどこへ行ったんだ？　それで、なんのためにぼくは彼女のあとを追っているんだ？　なんのために？　彼女の前に身を投げ、後悔の涙にくれ、彼女の足に接吻《せっぷん》し、許しを乞《こ》うためか！　ぼくはそうしたいとも思った。ぼくの胸はずたずたに切り裂かれんばかりだった。ぼくは永久に、いつまでも、この瞬間を平静な気持で思い起すことはできないだろう。だが、それにしても、なんのために？〉とぼくは思った。〈きょう彼女の足に接吻したそのことを根にもって、あすにも彼女を憎みだすことが、はたしてないといえるだろうか？　はたしてぼくが彼女に幸福を与えられるのだろうか？　はたしてぼくは、きょうもまた、これまでにも何度となくあったように、自分の真の価値を思い知らされたのではなかったのか？　はたしてぼくは彼女を苦しめないとでもいうのか？〉

ぼくは雪のなかに立って、白くにごった雪煙の奥をのぞきこみながら、このことを考えていた。

〈それよりも、いっそこのほうがいいのじゃないか〉しばらくして、もう家へ帰ってから、ぼくは空想にふけった。空想にふけることで、生きた心の痛みを忘れたかったのだ。〈それよりいっそ、彼女がいま、永久に屈辱を胸に抱いて去って行ったことのほうが、いいのじゃないだろうか？　屈辱というのは、なんといったって浄化だ。これは、いちばん痛切な、苦痛をともなった意識なんだ！　ぼくはあすにも、あの女の魂をけがし、彼女の心を疲れきらしてしまうかもしれない。だが、このままなら、屈辱は彼女のなかでけっして死に絶えることがない。そして、彼女の行手にあるけがれがどんなに醜悪なものであっても、屈辱は彼女を高め、清めてくれるだろう……憎悪によって……ふむ……あるいは、赦《ゆる》しの気持によってだ……だが、それにしても、そのために彼女が楽になれるものだろうか？〉

ところで、ひとつ現実に返って、ぼくからひとつ無用な質問を提出することにしたい。安っぽい幸福と高められた苦悩と、どちらがいいか？　というわけだ。さあ、どちらがいい？

この晩、心の痛みにほとんど生きた心地もなく、わが家に坐りながら、ぼくはこんなことを空想したのだった。あれほどの苦悩と悔恨にさいなまれたことは、それまでついぞないことだった。だが、それにしても、ぼくがアパートを走り出たとき、中途から家に戻ってくる気づかいはけっしてなかったと、はたして断言できるものだろうか？　それ以来、ぼくは一度もリーザに会っていないし、彼女の噂《うわさ》も耳にしない。さらにつけ加えれば、ぼくは、屈辱と憎悪の効用にかんするぼくの名言には、長いこと満足しきっていたものである。当時のぼくときたら、人恋しさに自分がいまにも病気になりそうな状態であったというのに。

あれからもう何年もが経《た》ったいまになっても、この一部始終を思いだすと、ぼくはなんとも後味の悪い思いがする。思いだして後味の悪いことはいろいろとあるが、しかし……もうこのあたりで『手記』を打ち切るべきではないだろうか？　こんなものを書きはじめたのが、そもそもまちがいだったようにも思われる。すくなくとも、この物語を書いている間じゅう、ぼくは恥ずかしくてならなかった。してみれば、これは文学どころか、懲役刑みたいなものだったわけだ。だいたいが、たとえば、ぼくが片隅で精神的な腐敗と、あるべき環境の欠如と、生きた生活との絶縁と、地下室で養われた虚栄に充《み》ちた敵意とで、いかに自分の人生をむだに葬《ほうむ》っていったかなどという長話は、誓って、おもしろいわけがない。小説ならヒーローが必要だが、ここにはアンチ・ヒーローの全特徴がことさら寄せ集めてあるようじゃないか。いや、それより、こういうことは不快な印象を与えずにおかない。というのも、ぼくらはすべて、多少とも生活からかけ離れ、跛《は》行《こう》状態でいるからだ。そのかけ離れ方があまりにはなはだしいので、ときには真の《生きた生活》に対してある種の嫌悪《けんお》を感ずるまでになっている。そこで、その《生きた生活》のことを思い出させられるのが耐えられないほどにもなっているのである。とにかくぼくらは、真の《生きた生活》を、ほとんど労役かお勤めとみなすまでになっていて、それぞれ腹のなかでは、書物式のほうがよほどましだとさえ思っているのだ。だとしたら、なんだってぼくらは、もぞもぞとうごめいてみたり、気まぐれを起したり、願望を抱いたりするのだろう？　自分でもなぜだか知りはしない。もしぼくらの気まぐれな願望がかなえられたりしたら、かえって困ることになるくらいが落ちなのに。まあ、ひとつ、ものは試し、たとえば、もっとぼくらに自立心を与えて、ぼくらの手を解きはなち、活動の範囲をひろげ、手綱をゆるめてみたまえ、そしたらぼくらは……断言してもいいが、たちまち、元どおりに手綱を締めてもらいたいと懇願しはじめることだろう。なるほど、こんなことを言うと、諸君はぼくに腹を立て、じだんだ踏んで、どなりつけるかもしれない。〈きみの話は、自分ひとりだけのこと、地下室のみじめな不幸のことだけにしておいてもらいたいな。《ぼくらはすべて》なんて、口幅ったい言い方はやめてもらおう〉というわけだ。だが、諸君、ぼくは何も自分の言いわけのために、人間すべてなどということを持ちだしたわけじゃない。ぼく個人について言うなら、ぼくは、諸君が半分までも押しつめていく勇気のなかったことを、ぼくの人生においてぎりぎりのところまでつきつめてみただけの話なのだ。ところが諸君ときたら、自分の臆病《おくびょう》さを良識と取違えて、自分で自分をあざむきながら、それを気休めにしている。だとしたら、あるいは、ぼくのほうが諸君よりもずっと《生き生き》していることにもなるかもしれない。ひとつ、とくと見てほしい！　だいたいぼくらは、現在生きたものがどこに生きているのか、それがどういうもので、なんと呼ばれているかさえ、知らない始末ではないか。ぼくらから書物を取上げて、裸にしてみるがいい、ぼくらはすぐさままごついて、途方にくれてしまうだろう。どこにつけばよいか、何を指針としたらよいかも、何を愛し、何を憎むべきかも、何を尊敬し、何を軽蔑《けいべつ》すべきかも、まるでわからなくなってしまうのじゃないだろうか？　ぼくらは、人間であることをさえわずらわしく思っている。ほんものの、自分固有の肉体と血をもった人間であることをさえだ。それを恥ずかしく思い、それを恥辱だと考えて、何やらこれまで存在したことのない人間一般とやらになり変ろうとねらっている始末だ。ぼくらは死産児だ、しかも、もうとうの昔から、生きた父親から生れることをやめてしまい、それがいよいよ気に入ってきている始末だ。ぼくらの好みになってきたわけだ。近いうちには、なんとか思想から生れてくることさえ考えつくだろう。しかし、もういい。ぼくはもうこれ以上、《地下室から》書き送ることをしたくない……

＊

とはいえ、この逆説家の『手記』は、まだここで終っているわけではない。彼は我慢できずに、さらに先を書きつづけた。しかしわれわれもまた、もうこのあたりでとめておいてよかろう、と考えるものである。

解　説

江　川　卓

一八六四年、作者が四十二歳のときに書かれ、発表された中編『地下室の手記』は、さまざまな意味でドストエフスキーの文学に転機を画した作品と考えてよい。この中編を「ドストエフスキーの全作品を解く鍵《かぎ》」と呼んだジッドの言葉は有名だが、たしかに『地下室の手記』を経過することなしには、『罪と罰』『白痴』『悪霊《あくりょう》』『未成年』『カラマーゾフの兄弟』とつづく彼の後年の大作群は、いま見るような形では存在しえなかっただろう。極言するなら、ドストエフスキーは十九世紀ロシアのすぐれた一作家というに終り、世界のドストエフスキー、現代にも生きつづける永遠の作家ということにはならなかったろうと思われる。

では、『地下室の手記』をそのような画期的作品、いわばドストエフスキーの文学上の発見、新しい言葉としたものは何だったのだろうか。

今世紀の初頭、ロシアの思想家シェストフはその著『悲劇の哲学』（一九〇三）で、この『地下室の手記』にはドストエフスキーを見舞った「最もはげしい転機が突然現われている」と指摘し、この作品を境に、ドストエフスキーは処女作『貧しき人びと』以来持ちつづけてきた人道主義、さらに広くは理性や人間への信頼を突如として喪失し、永遠に希望の消え去ったところで、しかも生きていかねばならぬ〈悲劇〉の領域に足を踏み入れたのだと断定した。この考え方は、ベルジャーエフにもほぼ似たような形で受けつがれており、いうまでもなくそれは、ドストエフスキーをキルケゴール、ニーチェとつながる線でとらえようとする実存主義的理解に道を開くものであった。

日本では、このシェストフの〈発見〉は三十年後、つまり昭和九、十年に紹介され、中日戦争前夜の思想弾圧のもとで、いわゆる転向の問題と真っ向から対決させられていた知識人に深刻な影響を与えた。〈シェストフ的不安〉が流行語となり、正宗白《まさむねはく》鳥《ちょう》、小林秀雄、三木清、亀井勝一郎といった人《ひ》たちが、他人《と》ごとならずシェストフと取組み、彼を通じて、大正期の〈白樺《しらかば》〉時代の人道主義的ドストエフスキーとは異なったドストエフスキーを見いだした。この時期に形づくられたドストエフスキー観は、たとえば埴谷雄高《はにやゆたか》のような人によって、独自な屈折を経たうえで戦後文学にも受けつがれている。

それでは、『地下室の手記』をドストエフスキー文学の画期的作品と見るかぎり、このシェストフ流の見方は唯一《ゆいいつ》のものなのだろうか。もちろん、一時のソビエトで〈正統的見解〉とされていたエルミーロフのように、この『地下室の手記』を徹底的に否定し、それを「その悪意にみちた反動性において『悪霊』におとらない作品」と決めつける者もないではない。しかし、こうした〈レッテル貼《は》り〉は、いまではもうソ連でもまったく流行《はや》らない。現在は多くのまじめな研究者によって、この作品を矛盾にみちたドストエフスキーの世界観、創作方法のなかに正しく位置づけようとする試みが行われており、こうした努力によって、すでに小林秀雄も指摘した「シェストフ流の独断」がしだいに克服されつつある。

この作品がとかく〈反動文学〉視されやすい第一の原因は、それが当時の革命的民主主義の第一人者チェルヌイシェフスキーの小説『何をなすべきか?』(一八六三)への直接の反論として構想されている点にあるといえる。レーニンも愛読したというこの小説は、女性解放、新しい革命家のモラルなどを鼓吹すると同時に、作中人物の夢の形で、〈水晶宮〉と呼ばれるユートピア的な未来社会を描き出した啓蒙《けいもう》的な作品で、基本思想としては、各人が自身の合理的欲望を追求することによって調和と幸福が得られるという「合理的エゴイズム」をかかげていた。ドストエフスキーが「地下室の住人」の口を通して、このチェルヌイシェフスキーの思想、とくにその歴史的オプチミズムに完膚《かんぷ》ないまで毒づいていることは、『手記』の第一部を読めばだれにも納得のいくことだろう。「地下室の住人」がチェルヌイシェフスキーの、また彼に代表される西欧合理主義、空想的社会主義の不倶戴天《ふぐたいてん》の仇敵《きゅうてき》であることは、ほとんど説明を要しない。

しかし、作品としての『地下室の手記』が〈反動の書〉であるか否《いな》かの問題は、じつをいえば、ここからはじまることである。まず、この作品の「アンチ・ヒーロー」たる「地下室の逆説家」を作者と同一視してよいかということがある。シェストフも、エルミーロフも、究極においては両者を同一視しようとする傾きがあり、この作品を一種の思想宣言、哲学的信条告白と見る点でも共通しているが、やはり『地下室の手記』はまぎれもない芸術作品として理解されるべきだろう。そのうえで、作中人物のではない、作品の語る思想をはじめて論じうるのである。

ところで、この作品を作者の「まえがき」どおり「フィクション」として考え、作中のデータから主人公の肉づけをしてみると、「ぼくは一個の八等官である」と名乗るこの主人公は、ドストエフスキーより三歳ほど年下で、第二部に語られている主人公二十四歳のときの事件は、一八四八年、つまり作者ドストエフスキーがしげしげとペトラシェフスキー会に通い、そろそろ逮捕されそうになっているころのことだと見当がつく。片や革命運動家、片やじめじめした女遊びにうさをまぎらしている小役人、この対照はかなり皮肉な設定にちがいない。そして、こうした背景の上に置いてみると、十年後、ドストエフスキーが『未成年』の創作ノートに書きつけた次の言葉の意味も、かなりの具体性を帯びて理解されるのである。

「私は、ロシア人の大多数である真実の人間をはじめて描き出し、その醜悪な、悲劇的な面をはじめて暴露したことを誇りに思っている。悲劇性はその醜悪さを意識しているところにある……苦悩と、自虐《じぎゃく》と、よりよいものを意識しながら、それを獲得することが不可能な点に、また、何よりもそういう不幸な連中が、みんなそんなもので、したがって、自分を改めるまでもないと明瞭《めいりょう》に確信している点に存在している地下室の悲劇性を描き出したのは、ただ私だけである……偏見をもたぬ未来の世代はこのことを確認するだろうし、真実は私の味方にちがいない。そのことを私は信じている」

この文章のなかで、ロシア人の大多数であるという個所にドストエフスキー自身がアンダーラインしていることに注目したい。そして、ここで用いられている〈悲劇〉という言葉の意味が、シェストフの用語例と微妙にくいちがっている点を指摘しておきたい。

　しかし、それにしてもドストエフスキーは、そのような主人公に、どうしてあれほど徹底したチェルヌイシェフスキー攻撃をやらせる必要があったのか。そしてこの攻撃と、かつてペトラシェフスキー会員であった若き日のドストエフスキーのフーリエ主義への熱中とは、どう関係づけられるのだろうか。いや、それより、この主人公が提出する逆説の哲学の異常なほどの重みはどこに由来しているのだろうか。

　ドストエフスキーの思想的転向、いわゆる〈信念の更生〉は、一般にシベリアの獄中で行われたと考えられている。すくなくともドストエフスキー自身は、出獄後、トトレーベン将軍に宛《あ》てた兵役勤務免除の嘆願書で、「思想も、そして信念さえも変るものです。人間全体も変るものです」と自認している。事実、一八五九年末、十年ぶりに首都ペテルブルグへの復帰を許されたドストエフスキーは、ただちに兄ミハイルと雑誌《ヴレーミャ（時代）》を創刊して、その誌上で文芸、社会評論に健筆をふるい、〈土壌《どじょう》主義〉の名で知られる独自の主張を展開した。民衆から遊離して西欧思想に走った知識人にたいして、自身の〈土壌〉であるロシアの民衆に立ち戻れと呼びかけたこの主張には、明らかにシベリア時代の〈信念の更生〉の端的なあらわれが見てとれた。しかし、それは評論活動でのこと、そのおなじ雑誌に掲載された文学作品

――『虐《しいた》げられた人びと』（一八六一）と『死の家の記録』（一八六二）――のほうは、その基調において、明らかに処女作『貧しき人びと』（一八四六）以来のドストエフスキーを継承していた。この二長編の文学的方法は、全体として人道主義的社会派の思想に裏打ちされた〈自然派〉的写実主義の枠《わく》を越えるものではなかった。ドストエフスキーの文学的転身を語りうるのは、やはり『地下室の手記』をおいてほかにない。

ドストエフスキーの思想的転向と文学的変身とのこのズレについては、これまでにもさまざまな仮説が出されてきた。最近の例としては、『手記』における作家の変貌《へんぼう》の原因を、その前年、若い愛人アポリナリヤ・スースロワとともにしたヨーロッパ旅行、その旅行の間にドストエフスキーが体験しなければならなかった愛憎の苦しみに求めた埴谷雄高の見解がある。

「愛されなくなった男の苦痛の心情は、ドストエフスキーにも、あらゆる他の失恋者同様に窺《うかが》われますけれども、作家ドストエフスキーがこの充《み》たされぬ恋を契機として凄《すさ》まじく変貌したのは、『一体なんのために彼女は私を苦しめるのでしょう?』という生活人ドストエフスキーの現実の苦痛の叫びを、『苦痛は快楽である』という作家ドストエフスキーの逆転したテーゼのなかへ、他の何者もなし得なかったほど、見事に正反対に移しかえてしまったことに発端すると私は考えます」

この見方はやはり一卓見といわねばなるまい。そして、小林秀雄がＥ・Ｈ・カーにならって、『手記』の陰鬱《いんうつ》な気分と苛立《いらだ》たしい調子を醸《かも》しだした要因としている一八六四年冬の不幸一色の作家の生活が、おそらくそれを補完するものなのだろう。その冬、ドストエフスキーは、肺病で死にかかっていた最初の妻マリヤの病床に、自身が痔疾《じしつ》と膀胱炎《ぼうこうえん》に悩まされながら、ほとんどつききりで看護にあたり、かたわら『地下室の手記』の執筆を進めていた。マリヤは、『手記』の第二部がまだ完成していなかった四月十五日、世を去った。その翌日の日記にドストエフスキーは次のように記している。

「キリストの教えどおり、人間を自分自身のように愛することは不可能である。地上の人性の掟《おきて》がこれをしばり、自我が邪魔をする……人間はこの地上で、自身の本性に反した理想（自他への愛を融合させたキリスト）を追求している。そして、この理想追求の掟を守れないとき、つまり、愛によって自身の自我を人々のために、他者（私とマーシャ）のために犠牲に供しえないとき、人間は苦悩を感じ、この状態を罪と名づける。そこで人間はたえず苦悩を感じていなければならず、その苦悩が、掟の守られた天上のよろこび、すなわち犠牲と釣合《つりあ》うのである。ここにこそ地上的な均衡がある。でなければ、この地上は無意味になるだろう」

後年の研究によると、ドストエフスキーはこの日記の一節とほぼおなじ思想を『地下室の手記』にもちこもうとして、検閲で削除されたことが判明している。この思想が〈地下の逆説家〉の口にかかったとき、どのような表現形式をとるか、それは想像のかぎりでない。しかし、アポリナリヤとの報われぬ恋が「苦痛は快楽である」という逆転したテーゼを生んだのだとしたら、病床にある妻マリヤとの対人関係が、すくなくともそれと同等の力をもち、しかも、おそらくは逆方向に働くいくつかのテーゼを生み出したであろうことは想像にかたくない。作品はこれらの相反する力の均衡の上に生れた、というより、ドストエフスキーは「書く」という行為によって、わずかにその均衡を保ちえたというほうが正確かもしれない。そしてこの点に、たとえば『死の家の記録』と比較して、『地下室の手記』の新しさの一つの秘密を見ることもできるように思う。

しかし、それにしても、こうした個人的動機だけからドストエフスキーの転身を説明するのは、『地下室の手記』の作品内容から見て、やはり片手落ちであるように思われる。とすれば、この作品の直前にまとめられた西欧旅行の紀行文『冬に記す夏の印象』（一八六三）で、ドストエフスキーが西欧物質文明への懐疑をそれまでにないきびしい調子で、しかもなまなましい見聞に即して表白していたことが想起されねばなるまい。あるいはドストエフスキーは、この西欧の印象を、一八六一年の農奴解放後、いよいよ本格的にブルジョア化し、西欧化しようとしていたロシア社会に重ね合せ、そこにロシアそのものの運命への深刻な危機感を感じとったのかもしれない。そしてこの危機感が、『地下室の手記』でのチェルヌイシェフスキー攻撃をことさらどぎついものにしたのかもしれない。

一八六一年を中心に盛りあがった革命的ないし現状改革的気運は、農奴解放後一年余で反動的な弾圧政策に転じた帝制政府の手で無残に押しつぶされていった。六二年にははやくもチェルヌイシェフスキー、ピーサレフらが逮捕されている（チェルヌイシェフスキーの『何をなすべきか？』は獄中で書かれた）。そして六三年にはいると、進歩派陣営の分裂が目にあまるものとなっていった。自由主義者の離反、堕落が決定的となり、昨日までの革命的民主主義者も、右は漸進派から左はテロリストまでのさまざまな色合いに分れて、おたがい敵対的な関係にはいっていった。この状況を目前にして、ドストエフスキーが何を考え、何を書かずにいられなかったかは、もう言うまでもあるまい。『死の家の記録』と『地下室の手記』とをへだてる二年間の意味は、こんなところにもあったのである。

私は、『地下室の手記』がドストエフスキー文学の反動化を卜《ぼく》した作品とは考えていない。またこの作品で、ドストエフスキーがかって自身の青春の理想であったものに、意地悪い喜びをおぼえながら唾《つば》を吐きかけているとも考えない。この作品における作家主体としてのドストエフスキーの内部状況は、前に引用した『未成年』創作ノートの文章を受けたところで、シクロフスキーが述べている次のような言葉にもっともよく表現されていると思う。

「ドストエフスキーは、自分の主人公の状態を人間全体として考えて正しいものとはみなしていない。彼は主人公を苦しめ、軽蔑《けいべつ》している。……ドストエフスキーが自分の主人公を取るにたらない人間として示したことは、とりも直さず、理想は不可欠なものであると彼が考えていたことを意味している。もっと後になって、彼は理想を変えようと努めるが、しかしこのときにあっては、これは絶望の分析であって、理想の拒絶ではなかった」

それはともかく、ドストエフスキーはこの「絶望の分析」において、おそらくは前人未踏の境地にまで到達した。「意識は病気である」というテーゼを、彼は文体そのものによってさえ表現している。『地下室の手記』一編のモノローグには、おそらく他者を、さらには他者の意識に映る自己を意識していないような文章は、一つとしてないだろう。かくして意識は、二枚の合せ鏡に映る無限の虚像の列のように不毛な永遠の自己運動をくり返し、ついになんらの行動にも踏み出すことができない。ただ、その無限の像の彼方《かなた》に、これまでだれものぞき見たことのないような実存の深淵《しんえん》を見いだすだけである。これが〈地下室〉にのめりこんでしまった者の運命でもある。ドストエフスキーは、「ロシア人の大多数」を占める〈地下室の住人〉の醜悪さ、悲劇性を直視し、それをたんに観念的、哲学的な抽象としてではなく、時代と社会の全状況を担《にな》ったもっとも具体的な人間として示すことができた。そしてそれを、絶望のなかでもなお〈生〉をいとなみ、そこでさえ〈生〉を享楽《きょうらく》しようとする人間の業《ごう》とのかかわりで示すことができた。このことを彼に可能にした文学的な方法こそ、『地下室の手記』におけるドストエフスキーの最大の文学的発見と呼んでよいものだろう。この発見こそが、『手記』以後の彼の全作品を成立させる内的な根拠となったのだし、この作品の門をくぐったところからはじまる〈ドストエフスキー的世界〉を、現代の精神にとって異常にアクチュアルな、予言的なものとしたのである。

本訳書のテキストとしてはソ連国立文芸出版所版『ドストエフスキー著作集』第四巻（一九五六）所収のものを用いた。なお、この作品はこれまで米川正夫氏訳で『地下生活者の手記』として知られていたが、新訳を機会に原題の直訳に近いものに改めた。

（一九六九年十一月）

ドストエフスキー
木村浩訳
白痴（上・下）

白痴と呼ばれる純真なムイシュキン公爵を襲う悲しい破局……作者の〝無条件に美しい人間〟を創造しようとした意図が結実した傑作。

ドストエフスキー
木村浩訳
貧しき人びと

世間から侮蔑の目で見られている小心で善良な小役人マカール・ジェーヴシキンと薄幸の乙女ワーレンカの不幸な恋を描いた処女作。

ドストエフスキー
千種堅訳
永遠の夫

妻は次々と愛人を替えていくのに、その妻にしがみついているしか能のない〝永遠の夫〟トルソーツキイの深層心理を鮮やかに照射する。

ドストエフスキー
原卓也訳
賭博者

賭博の魔力にとりつかれ身を滅ぼしていく青年を通して、ロシア人に特有の病的性格を浮彫りにする。著者の体験にもとづく異色作品。

ドストエフスキー
原卓也訳
カラマーゾフの兄弟（上・中・下）

カラマーゾフの三人兄弟を中心に、十九世紀のロシア社会に生きる人間の愛憎うずまく地獄絵を描き、人間と神の問題を追究した大作。

ドストエフスキー
江川卓訳
悪霊（上・下）

無神論的革命思想を悪霊に見立て、それに憑かれた人々の破滅を実在の事件をもとに描く。文豪の、文学的思想的探究の頂点に立つ大作。

ドストエフスキー
工藤精一郎訳
死の家の記録

地獄さながらの獄内の生活、悽惨目を覆う笞刑、野獣のような状態に陥った犯罪者の心理――著者のシベリア流刑の体験と見聞の記録。

ドストエフスキー
小笠原豊樹訳
虐げられた人びと

青年貴族アリョーシャと清純な娘ナターシャの悲恋を中心に、農奴解放、ブルジョア社会へ移り変わる混乱の時代に生きた人々を描く。

ドストエフスキー
工藤精一郎訳
罪と罰（上・下）

独自の犯罪哲学によって、高利貸の老婆を殺し財産を奪った貧しい学生ラスコーリニコフ。良心の呵責に苦しむ彼の魂の遍歴を辿る名作。

ドストエフスキー
工藤精一郎訳
未成年（上・下）

ロシア社会の混乱を背景に、「父と子」の葛藤、未成年の魂の遍歴を描きながら人間の救済を追求するドストエフスキー円熟期の名作。

ツルゲーネフ
神西　清訳
はつ恋

年上の令嬢ジナイーダに生れて初めての恋をした16歳のウラジミール――深い憂愁を漂わせて語られる、青春時代の甘美な恋の追憶。

ツルゲーネフ
工藤精一郎訳
父と子

古い道徳、習慣、信仰をすべて否定するニヒリストのバザーロフを主人公に、農奴解放で揺れるロシアの新旧思想の衝突を扱った名作。

トルストイ
木村浩訳
アンナ・カレーニナ（上・中・下）
文豪トルストイが全力を注いで完成させた不朽の名作。美貌のアンナが真実の愛を求めるがゆえに破局への道をたどる壮大なロマン。

トルストイ
原卓也訳
クロイツェル・ソナタ
悪魔
性的欲望こそ人間生活のさまざまな悪や不幸の源であるとして、性に関する極めてストイックな考えと絶対的な純潔の理想を示す2編。

トルストイ
原久一郎訳
光あるうち光の中を歩め
古代キリスト教世界に生きるパンフィリウスと俗世間にどっぷり漬った豪商ユリウス。二人の人物に著者晩年の思想を吐露した名作。

トルストイ
工藤精一郎訳
戦争と平和（一～四）
ナポレオンのロシア侵攻を歴史背景に、十九世紀初頭の貴族社会と民衆のありさまを生き生きと写して世界文学の最高峰をなす名作。

トルストイ
原卓也訳
人生論
人間はいかに生きるべきか？　人間を導く真理とは？　トルストイの永遠の問いをみごとに結実させた、人生についての内面的考察。

トルストイ
木村浩訳
復活（上・下）
青年貴族ネフリュードフと薄幸の少女カチューシャの数奇な運命の中に人間精神の復活を描き出し、当時の社会を痛烈に批判した大作。

ディケンズ
加賀山卓朗訳
大いなる遺産（上・下）

莫大な遺産の相続人となったことで運命が変転する少年。ユーモアあり、ミステリーあり、感動あり、英文学を代表する名作を新訳！

ディケンズ
加賀山卓朗訳
二都物語

フランス革命下のパリとロンドン。燃え上がる激動の炎の中で、二つの都に繰り広げられる愛と死のロマン。新訳で贈る永遠の名作。

ディケンズ
中野好夫訳
デイヴィッド・コパフィールド（一～四）

逆境にあっても人間への信頼を失わず、作家として大成したデイヴィッドと彼をめぐる精彩にみちた人間群像！　英文豪の自伝的長編。

ディケンズ
加賀山卓朗訳
オリヴァー・ツイスト

オリヴァー8歳。窃盗団に入りながらも純粋な心を失わず、ロンドンの街を生き抜く孤児の命運を描いた、ディケンズ初期の傑作。

ディケンズ
村岡花子訳
クリスマス・キャロル

貧しいけれど心の暖かい人々、孤独で寂しい自分の未来……亡霊たちに見せられた光景が、ケチで冷酷なスクルージの心を変えさせた。

ロレンス
伊藤　整訳
完訳チャタレイ夫人の恋人

森番のメラーズによって情熱的な性を知ったクリフォド卿夫人――現代の愛の不信を描いて、「チャタレイ裁判」で話題を呼んだ作品。

C・ドイル
延原 謙訳
シャーロック・ホームズの冒険
ロンドンにまき起る奇怪な事件を追う名探偵シャーロック・ホームズの推理が冴える第一短編集。「赤髪組合」「唇の捩れた男」等、10編。

C・ドイル
延原 謙訳
シャーロック・ホームズの帰還
読者の強い要望に応えて、作者の巧妙なトリックにより死の淵から生還したホームズ。帰還後初の事件「空家の冒険」など、10編収録。

C・ドイル
延原 謙訳
シャーロック・ホームズの思い出
探偵を生涯の仕事と決める機縁となった「グロリア・スコット号」の事件。宿敵モリアティ教授との決死の対決「最後の事件」等、10短編。

M・ルブラン
堀口大學訳
8 1 3
—ルパン傑作集(I)—
殺人現場に残されたレッテル"813"とは？恐るべき冷酷さで、次々と手がかりを消していく謎の人物と、ルパンとの息づまる死闘。

M・ルブラン
堀口大學訳
続 8 1 3
—ルパン傑作集(II)—
奸計によって入れられた刑務所から脱獄、ヨーロッパの運命を託した重要書類を追うルパン。遂に姿を現わした謎の人物の正体は……。

M・ルブラン
堀口大學訳
ルパン対ホームズ
—ルパン傑作集(V)—
フランス最大の人気怪盗アルセーヌ・ルパンと、イギリスが誇る天才探偵シャーロック・ホームズの壮絶な一騎打。勝利はいずれに？

バルザック
石井晴一訳
谷間の百合

充たされない結婚生活を送るモルソフ伯爵夫人の心に忍びこむ純真な青年フェリックスの存在。彼女は凄じい内心の葛藤に悩むが……。

バルザック
平岡篤頼訳
ゴリオ爺さん

華やかなパリ社交界に暮す二人の娘に全財産を注ぎこみ屋根裏部屋で窮死するゴリオ爺さん。娘ゆえの自己犠牲に破滅する父親の悲劇。

フロベール
芳川泰久訳
ボヴァリー夫人

恋に恋する美しい人妻エンマ。退屈な夫の目を盗み重ねた情事の行末は？　村の不倫話を芸術に変えた仏文学の金字塔、待望の新訳！

モーパッサン
新庄嘉章訳
女の一生

修道院で教育を受けた清純な娘ジャンヌを主人公に、結婚の夢破れ、最愛の息子に裏切られていく生涯を描いた自然主義小説の代表作。

モーパッサン
青柳瑞穂訳
脂肪の塊・テリエ館

〝脂肪の塊〟と渾名される可憐な娼婦のまわりに、ブルジョワどもがめぐらす欲望と策謀の罠——鋭い観察眼で人間の本質を捉えた作品。

デュマ・フィス
新庄嘉章訳
椿姫

椿の花を愛するゆえに〝椿姫〟と呼ばれる、上品で美しい娼婦マルグリットと、純情多感な青年アルマンとのひたむきで悲しい恋の物語。

スタンダール
大岡昇平訳
パルムの僧院（上・下）

〝幸福の追求〟に生命を賭ける情熱的な青年貴族ファブリスが、愛する人の死によって僧院に入るまでの波瀾万丈の半生を描いた傑作。

スタンダール
小林正訳
赤と黒（上・下）

美貌で、強い自尊心と鋭い感受性をもつジュリヤン・ソレルが、長年の夢であった地位をその手で摑もうとした時、無惨な破局が……。

スタンダール
大岡昇平訳
恋愛論

豊富な恋愛体験をもとにすべての恋愛を「情熱恋愛」「趣味恋愛」「肉体的恋愛」「虚栄恋愛」に分類し、各国各時代の恋愛について語る。

ジッド
山内義雄訳
狭き門

地上の恋を捨て天上の愛に生きるアリサ。死後、残された日記には、従弟ジェロームへの想いと神の道への苦悩が記されていた……。

ジッド
神西清訳
田園交響楽

彼女はなぜ自殺したのか？ 待ち望んでいた手術が成功して眼が見えるようになったのに。盲目の少女と牧師一家の精神の葛藤を描く。

ルナール
岸田国士訳
博物誌

澄みきった大気のなかで味わう大自然との交感——真実を探究しようとする鋭い眼差と、動植物への深い愛情から生み出された65編。

ゾラ
古賀照一訳
居酒屋

若く清純な洗濯女ジェルヴェーズは、職人と結婚し、慎ましく幸せに暮していたが……。十九世紀パリの下層階級の悲惨な生態を描く。

ゾラ
川口篤
古賀照一訳
ナナ

美貌と肉体美を武器に、名士たちから巨額の金を巻きあげ破滅させる高級娼婦ナナ。第二帝政下の腐敗したフランス社会を描く傑作。

アベ・プレヴォー
青柳瑞穂訳
マノン・レスコー

自分を愛した男にはさまざまな罪を重ねさせ、自らは不貞と浪費の限りを尽してもなお、汚れを知らない少女のように可憐な娼婦マノン。

阿部知二訳
バイロン詩集

不世出の詩聖と仰がれながら、戦禍のなかで波瀾に満ちた生涯を閉じたバイロン――ロマン主義の絢爛たる世界に君臨した名作を収録。

堀口大學訳
ヴェルレーヌ詩集

不幸な結婚、ランボーとの出会い……数奇な運命を辿った詩人が、独特の音楽的手法で心の揺れをありのままに捉えた名詩を精選する。

堀口大學訳
アポリネール詩集

失われた恋を歌った「ミラボー橋」等、現代詩の創始者として多彩な業績を残した詩人の、斬新なイメージと言葉の魔術を駆使した詩集。

新潮文庫の新刊

畠中恵著
こいごころ
若だんなを訪ねてきた妖狐の老々丸と笹丸。三人は事件に巻き込まれるが、笹丸はある秘密を抱えていて……。優しく切ない第21弾。

町田そのこ著
コンビニ兄弟4
―テンダネス門司港こがね村店―
最愛の夫と別れた女性のリスタート。ヒーローになれなかった男と、彼こそがヒーローだった男との友情。温かなコンビニ物語第四弾。

黒川博行著
熔果
五億円相当の金塊が強奪された。堀内・伊達の元刑事コンビはその行方を追う。脅す、騙す、殴る、蹴る。痛快クライム・サスペンス。

谷川俊太郎著
ベージュ
弱冠18歳で詩人は産声を上げ、以来70余年、谷川俊太郎の詩は私たちと共に在り続ける――。長い道のりを経て結実した珠玉の31篇。

紺野天龍著
堕天の誘惑
幽世《かくりよ》の薬剤師
破鬼の巫女・御巫綺翠と連れ立って歩く美貌の「猊下」。彼の正体は天使か、悪魔か。現役薬剤師が描く異世界×医療×ファンタジー。

貫井徳郎著
邯鄲の島遥かなり（下）
一橋家あっての神生島の時代は終わり、一ノ屋の血を引く信介の活躍で島は復興を始める。一五〇年を生きる一族の物語、感動の終幕。

新潮文庫の新刊

隆慶一郎著
花と火の帝（上・下）
皇位をかけて戦う後水尾天皇と卑怯な手を使う徳川幕府。泰平の世の裏で繰り広げられた呪力の戦いを描く、傑作長編伝奇小説！

一條次郎著
チェレンコフの眠り
飼い主のマフィアのボスを喪ったヒョウアザラシのヒョーは、荒廃した世界を漂流する。愛おしいほど不条理で、悲哀に満ちた物語。

大西康之著
起業の天才！
―江副浩正 8兆円企業リクルートをつくった男―
インターネット時代を予見した天才は、なぜ闇に葬られたのか。戦後最大の疑獄「リクルート事件」江副浩正の真実を描く傑作評伝。

徳井健太著
敗北からの芸人論
芸人たちはいかにしてどん底から這い上がったのか。誰よりも敗北を重ねた芸人が、挫折を知る全ての人に贈る熱きお笑いエッセイ！

永田和宏著
あの胸が岬のように遠かった
―河野裕子との青春―
歌人河野裕子の没後、発見された膨大な手紙と日記。そこには二人の男性の間で揺れ動く切ない恋心が綴られていた。感涙の愛の物語。

帚木蓬生著
花散る里の病棟
町医者こそが医師という職業の集大成なのだ――。医家四代、百年にわたる開業医の戦いと誇りを、抒情豊かに描く大河小説の傑作。

Title : ЗАПИСКИ ИЗ ПОДПОЛЬЯ
Author : Фёдор М. Достоевский

地《ち》下《か》室《しつ》の手《しゅ》記《き》

新潮文庫　ト－1－8

昭和四十四年十二月三十日 発行
平成二十五年 四月二十五日 八十五刷改版
令和 六 年十二月二十日 九十七刷

訳者 江《え》川《がわ》卓《たく》

発行者 佐藤隆信

発行所 株式会社 新潮社
郵便番号 一六二―八七一一
東京都新宿区矢来町七一
電話 編集部(〇三)三二六六―五四四〇
読者係(〇三)三二六六―五一一一
https://www.shinchosha.co.jp

印刷・錦明印刷株式会社　製本・株式会社大進堂

ISBN978-4-10-201009-9 C0197